KB123598

로크미디어가
유혹하는
재미있는 세상

ROK
MEDIA
로크미디어

하북팽가
검술천재

하북팽가 검술천재 8

2022년 10월 14일 초판 1쇄 인쇄
2022년 10월 19일 초판 1쇄 발행

지은이 이도훈
발행인 김정수 강준규

기획 이기헌 왕소현 박경무 강민구 조익현
책임편집 주현진
마케팅지원 이원선

발행처 (주)로크미디어
출판등록 2003년 3월 24일
주소 서울시 마포구 성암로 330 DMC첨단산업센터 318호
Tel (02)3273-5135 **편집** (070)7860-2726 **Fax** (02)3273-5134
홈페이지 rokmedia.com **E-mail** rokmedia@empas.com

ⓒ 이도훈, 2022

값 8,000원

ISBN 979-11-354-8038-6 (8권)
ISBN 979-11-354-7650-1 04810 (세트)

ROK
MEDIA
로크미디어

이도훈 신무협 장편소설

8

하북팽가
검술천재

차
례

창과 방패

"안녕하세요. 저는 사 공자님을 모시는 심미호라고 해요. 백사문이라면……."

심미호는 반사적으로 인사를 건네다가 백사문이라는 단어에 눈을 가늘게 떴다.

한참을 보던 심미호는 영단산에서 이루어진 한빈과 사파 간의 만남을 떠올렸다.

'혹시 그 일에 불만이라도 품고…….'

심미호는 진세미를 머리부터 발끝까지 살폈다.

경계심 가득한 심미호의 모습에, 진세미가 재빨리 손을 내저었다.

"걱정하지 않으셔도 됩니다. 저희는 사 공자님께 전해 드릴 물건이 있어서 찾아온 거예요. 그리고 부탁드릴 것도 있고요."

그녀의 말에 긴장을 푼 듯 날카롭던 심미호의 눈빛이 사그라들었다.

심미호가 멋쩍은 표정으로 답했다.

"아, 그런데 어떻게 하죠? 공자님이 잠시 자리를 비우셨는데요."

"잠시 들어가서 기다려도 될까요?"

진세미는 넉살 좋게 객잔의 안쪽을 가리켰다.

그녀의 입장에서는 한빈을 꼭 만나야 했다.

그렇다고 무작정 문 앞에서 기다릴 수는 없는 일이었다.

백사문에서 금지옥엽처럼 자란 그녀가 이렇게 부탁하는 경우는 거의 없었다.

하남에서는 모든 것을 알아서 그녀에게 맞춰 줬다.

물론 이곳에 와서도 마찬가지였다.

문제는 한빈과의 관계에 있어서만큼은 그게 통하지 않는다는 것이었다.

그것을 영단산에서 확실히 느꼈었다.

무서운 것은 무공이 아니라 한빈의 세 치 혀였다.

마휘에게 한 치의 양보도 없는 무림인이라?

아마 정파 중에는 한빈이 유일할 것이었다.

진세미가 고민하고 있을 때, 심미호 역시 헛기침을 하며 고민하고 있었다.

　"흠."

　진세미의 모습을 보면 호의로 찾아온 것이 분명했다.

　하지만 그녀를 안으로 들이는 일은 별개의 문제였다.

　심미호가 고민하던 사이에 뒤쪽에서 소대섭이 뛰어왔다. 다급히 뛰어온 소대섭은 진세미를 향해 포권하며 말했다.

　"안녕하십니까? 저는 적혈맹호대의 대주, 소대섭이라고 합니다."

　"안녕하세요, 저는 백사문의 진세미예요."

　"주군이 자신을 찾는 손님이 오시면 안으로 모시라고 저에게 당부하고 가셨습니다. 이곳 객잔이야 남는 게 방이니 일단 짐부터 푸시겠습니까?"

　"호의 감사드려요."

　"그럼 여기로……."

　소대섭은 진세미에게 손짓했다.

　그러고는 미안한 표정으로 심미호를 바라봤다.

　"심 부대주, 주군이 자신을 찾는 손님이 오면 그 어떤 누구라도 모시라고 했어. 그걸 깜빡하고 내가 전달 안 했네. 미안, 심 부대주."

　"알겠어요, 대주님."

　"그러면 나는 이분들을 안내할 테니 이곳을 부탁하네, 부대주."

말을 마친 소대섭은 진세미와 그녀의 수하를 안내했다.

멀어지는 소대섭과 진세미 일행을 본 심미호는 한숨을 내쉬었다.

"아, 그러지 않아도 바쁜데 주군은 왜 손님까지 받으라고 하시는 거지?"

심미호는 주변을 둘러봤다.

가장 나이 많은 무사인 장삼부터 막내 조호까지 모두 객잔을 난공불락의 요새로 만들기 위해 땀을 흘리고 있었다.

땀을 쏟는 것은 적혈맹호대뿐이 아니었다.

장자명은 구슬땀을 흘리며 약재를 조합해서 약물을 추출하고 있었고 새로 온 이를 검오가 돕고 있었다.

"그런데 누구든지 다 모시라고? 대체 이곳에 손님으로 올 사람이 누가 있기에……."

심미호는 고개를 갸웃했다.

그때였다.

미약한 살기가 느껴졌다.

심미호가 눈매를 좁히며 살기가 피어나는 곳을 바라봤다.

멀리서 한 무리의 사내가 기세등등하게 객잔으로 걸어오고 있다.

뭐지?

심미호의 고개가 점점 기울어질 때, 무리 중 하나가 뛰어왔다.

그가 가까워지자 심미호는 고개를 갸웃했다.

살짝 익숙한 얼굴이었다.

얼마 전 자신의 짐을 들어 주려다가 어깨가 빠진 사내였다.

빠진 어깨가 회복이 안 되었는지 부목까지 대고 있었다.

그 사내는 설무익의 수하, 장대찬이었다.

장대찬 역시 심미호를 보고 눈을 크게 떴다.

얼마 전 천수장에서 봤던 여자 약초꾼이었다.

한눈에 반했던 그녀가 왜 여기에 있다는 말인가?

그 약초꾼의 짐을 들어 주려다가 어깨가 빠지는 바람에, 약한 놈이라고 동료들에게 아직까지 놀림을 받고 있었다.

장대찬은 부목을 댄 채 물끄러미 심미호를 바라봤다.

그 모습에 심미호가 물었다.

"지난번에 제 짐을 들어 주려고 하신 무사님 맞으시죠?"

"아. 기억하시는군요."

"그때 말려야 했는데, 저 때문에 다치신 것 같아서 죄송…….."

"아닙니다. 그거 때문에 다친 거 아닙니다. 그리고 이 정도 부상은 다친 축에도 못 낍니다."

장대찬은 팔에 댄 부목을 바닥에 던지고 말을 이었다.

"보십시오. 멀쩡합니다."

"그럼 다행이군요."

말과는 다르게 심미호는 장대찬을 걱정스러운 눈빛으로 바라봤다.

심미호의 귀에는 묘하게 뼈 어긋나는 소리가 들렸기 때문이었다.

장대찬이 심미호와 대화를 나누는 모습을 뒤쪽에서 흐뭇하게 바라보고 있던 사내가 있었다.

그 사내는 물론 설무익이었다.

설무익의 입장에서는 장대찬의 행동이 흡족했다.

팔에 댄 부목을 집어 던지는 모습이 마치 으름장을 놓는 것처럼 보였기 때문이었다.

그것도 잠시, 설무익은 객잔을 바라보며 전의를 불태웠다.

설무익은 천수장의 주인과 말도 안 되는 계약서를 썼다는 것을 며칠 전 알아챘다.

문제는 천수장의 주인이 하북팽가의 사 공자라는 걸 너무도 뒤늦게 알아챘다는 것이었다.

하북팽가의 사 공자는 강남 사파에서 예의 주시하는 사람.

하지만, 설무익에게는 하북제일 겁쟁이였던 하북팽가 사 공자의 모습만이 남아 있을 뿐이었다.

물론 이것은 설무익의 잘못이 컸다.

한빈의 소문은 하북 내에서 조금은 퍼져 있었다.

한빈이 하북팽가의 소가주 후보가 되었다느니.

황실이 내린 상을 받았다느니 하는 허무맹랑한 소리였다.

조금 더 알아보니 송화산 근처에서는 신의라는 소문까지 돌고 있었다.

그러나 설무익은 모든 것이 헛소문이라 생각했다.

사실 조금만 노력했으면 확인할 수 있는 사실이었다.

모든 것은 설무익의 자만에서 벌어진 일.

설무익은 몇 년 전 한빈과 마주친 적이 있었다.

그때는 설무익과 눈빛을 마주치지 못할 정도로 겁이 많았다.

몇 년의 시간이 지났지만, 사람이 바뀌면 얼마나 바뀌었을까?

으름장만 조금 놓는다면 계약을 파기하는 것은 누워서 죽 먹기보다 쉽다고 생각했다.

대화를 나누던 장대찬은 잠시 대화를 멈추고 의심이 가득 찬 눈으로 심미호를 바라보고 있었다.

대화를 나누면 나눌수록 기세가 평범하지 않다는 것이 느껴졌기 때문이었다.

장대찬이 조심스럽게 물었다.

"그런데 혹시 약초꾼이 아니셨…….."

장대찬이 말끝을 흐리자, 심미호가 포권하며 말했다.

"저는 적혈맹호대의 부대주 심미호입니다."

"아, 저, 적혈맹호대의 부대주님이시군요. 저는 흑사문의 장대찬이라고 합니다."

"흑사문이라⋯⋯."

심미호는 다시 눈을 가늘게 떴다.

그것도 잠시, 바로 의심을 풀었다.

백사문이 한빈을 찾아왔다면, 흑사문이 뒤를 따르는 것은 이상할 것이 없었다.

거기에 더해 소대섭에게 전달받은 한빈의 지시가 떠오르자 심미호가 말했다.

"일단 안으로 들어가시죠."

심미호가 손짓하자 장대찬이 뒤를 힐끔 돌아보더니 말했다.

"잠시만요, 저희 공자님께 전하고 오겠습니다."

말을 마친 장대찬이 뒤쪽으로 뛰어가 설무익의 앞에 섰다.

뛰어오는 장대찬을 본 설무익은 비릿한 미소를 지었다.

"뭐라더냐?"

"안으로 모시라고 합니다. 저쪽에 있는 여인이 사 공자의 수하인 것 같습니다."

"거봐라, 하북의 겁쟁이가 맞대도."

하북팽가
검술천재

"그런 것 같기도 하고……."

장대찬은 살짝 말끝을 흐렸다.

잘못 들었는지는 몰라도 적혈맹호대라고 했다.

하북 강호에서 눈칫밥만 십 년이 넘게 먹은 그였다.

하북의 겁쟁이가 무력대를 가지고 있다?

하지만 장대찬은 그냥 잘못 들었다고 생각하고 신경을 끊었다.

❦

그날 오후, 객잔의 별채.

별채에서는 한빈과 진세미가 마주하고 있었다.

한빈은 진세미를 향해 포권했다.

"먼 길 오시느라 수고했습니다."

"환대해 주셔서 감사해요."

진세미도 마주 포권하고 자리에 앉았다.

잠시 한빈과 시답지 않은 이야기를 나누던 그녀는 때가 되었다는 듯 자신의 호위 무사에게 눈짓했다.

진세미의 신호를 받은 호위 무사는 탁자 위에 조그마한 철제 상자를 올려놓았다.

진세미는 바로 손바닥만 한 철제 상자를 열었다.

그 철제 상자의 가운데에는 새끼손톱만 한 하얀 단약이 자리 잡고 있었다.

물건을 확인한 진세미는 상자를 한빈 쪽으로 밀었다.

"이건 마휘 군사님께서 약속한 물건입니다."

"감사합니다. 하북 무림을 위해 잘 사용하겠습니다."

한빈은 철제 상자를 닫고는 잽싸게 품속에 넣었다.

그 모습에 진세미가 얼떨떨한 표정으로 물었다.

"이게 뭔지도 안 물어보시는군요?"

"백령단 아닌가요?"

한빈이 고개를 갸웃하며 물었다.

"네, 저희 가문의 보물입니다. 알면서도 놀라지 않으시는
군요."

진세미는 진심이었다.

백령단은 백사문의 보물이었다.

백사문이 보유하고 있는 백령단은 열 개.

그중 하나를 한빈을 위해 빼낸 것이다.

백사문의 직계 중에도 백령단을 한 번도 못 본 이가 부지
기수였다.

그런데 정파인에게 이 영약을 선물한다?

이것은 익절선생 마휘와 벌이는 사업이 아니고서는 있을
수 없는 일이었다.

물론 계약에 따른 것이지만, 아무렇지도 않게 넙죽 받아
품에 넣는 한빈의 모습이 황당했던 것.

그 표정을 본 한빈이 아무렇지도 않게 말을 이었다.

"약속한 물건을 받은 건데 제가 놀랄 필요가 없죠."

"아무리 그래도……."

진세미가 서운한 표정으로 말하자, 한빈은 상체를 앞으로 기울이며 손뼉을 쳤다.

짝!

그 모습에 진세미가 눈을 크게 뜨며 물었다.

"무슨 일이신지요?"

"참, 그 전에 계약에 대해서 다시 얘기해야 할 듯싶군요."

진세미는 고개를 갸웃했다.

익절선생 마휘와 계산이 끝난 계약이었다.

그런데 왜 저 주제를 다시 입에 올리는 것인가?

진세미가 고개를 갸웃할 때 한빈이 말했다.

"저희가 합의한 사항에 따르면, 사파가 저를 해치려고 하면……."

한빈은 물레방아가 돌아가듯 쉴 새 없이 계약 내용을 따졌다.

한빈의 설명이 계속되자 진세미는 손을 내저었다.

"이해가 안 되는군요. 저희는 공자님께 손톱만큼도 위해를 가한 적이 없습니다. 그런데 왜 그런 말씀을 하시는 거죠?"

"그냥 까놓고 말씀드리면……."

한빈이 막 이야기를 시작하려고 할 때였다.

별채의 문이 열렸다.

덜컹.

문이 열리고 들어온 것은 다름 아닌 심미호였다.

심미호는 슬쩍 진세미를 보더니 미간을 좁혔다.

분명 탐탁지 않은 표정이었다.

그 모습에 한빈이 말했다.

"심 부대주, 편히 말해도 돼."

"주군, 손님이 소란을 피워서요."

"무슨 손님?"

"흑사문의 설무익이라는 분이에요. 주군을 찾는 손님은 다 모시라고 해서 모시긴 했는데……."

심미호의 설명은 간단했다.

한빈이 객잔으로 돌아왔는데도 자신을 만나러 오지 않는데 대해 기분이 나빠 소란을 피운다는 것이었다.

설무익이 이곳에 진세미가 있었다는 것을 알았다면 어땠을까?

물론 이런 상황은 일어나지 않았을 것이다.

손님은 모시되 손님에게 다른 설명은 일절 하지 말란 한빈의 지시가 있었기 때문이었다.

설명을 마친 심미호가 인상을 쓰며 말했다.

"주군의 손님이라지만, 이건 좀 심한 것 같아서요."

"심 부대주는 어떻게 하고 싶은데?"

"죽여도 될까요?"

심미호가 조심스럽게 묻자, 한빈이 진세미를 바라보며 말했다.

"이런 상황이네요."

"아."

진세미는 탄성을 흘렸다.

뭐가 어떻게 돌아가는지는 모르지만, 불안감이 등골을 타고 올라왔다.

진세미의 탄성이 끝나기도 전에 한빈이 말을 이었다.

"일단 같이 가 보시는 것이 어떻겠습니까?"

한빈이 손짓하자 진세미가 그 뒤를 따랐다.

객실이 가까워지자 진세미는 이를 악물었다.

심미호의 말대로 끝 쪽 객실에서 소란이 일고 있었기 때문이었다.

우당탕.

쨍그랑.

탁자 뒤집히는 소리에서부터 찻잔 깨지는 소리가 복도에 울렸다.

설무익이 난장을 치던 객실의 문을 연 것은 심미호도 아니고 한빈도 아니었다.

얼굴이 벌게진 진세미였다.

덜컹.

문이 열리자 난장판이 된 방이 한눈에 들어왔다.

표정을 수습한 진세미가 냉랭한 목소리로 물었다.

"뭐죠?"

"……."

진세미를 본 설무익은 아무 말도 못 했다.

그녀가 이곳에 나타날 줄은 몰랐던 것이었다.

그것도 잠시, 진세미의 뒤로 활짝 웃는 한빈이 보이자 설무익이 외쳤다.

"너는 겁쟁이 사 공자!"

그것이 그의 마지막 말이었다.

진세미의 손이 독사처럼 꿈틀거리며 공간을 좁히더니 설무익의 마혈을 제압했기 때문이다.

픽!

털썩.

잠시 후.

진세미는 심각한 표정으로 한빈에게 말했다.

"오해가 있었던 것 같아요. 그 점은 죄송해요, 팽 공자님."

"오해라니요? 흑사문이면 백사문의 분파가 아닌가요? 저의 재산을 다 꿀꺽하려던 것도 모자라 저를 죽이려고 했습니다. 그걸 목격한 사람이 한둘도 아니고요. 그런데 계약 위반이 아니라고요?"

한빈이 심각한 표정으로 관자놀이를 툭툭 치자, 진세미가 떨리는 눈빛으로 쓰러진 설무익을 바라봤다.

분명 당한 것이 맞았다.

하지만 입이 열 개라도 할 말이 없었다.

하북팽가의 사 공자를 해치려 한 것은 사실이었으니 말이다.

한참을 망설이던 진세미가 말했다.

"어떻게 하시고 싶습니까?"

"저는 저를 해치려 한 자와 같은 하늘 아래에서 살 수 없습니다."

"그렇다면……."

"하북 땅에서 흑사문을 지워 주시죠."

"아."

진세미가 탄성을 흘렸다.

당돌한 말이지만, 한빈의 말을 무작정 무시할 수는 없었다.

그렇다고 분파를 손수 지울 수도 없는 일이었다.

진세미가 혼란스러운 듯 천장을 올려다봤다.

그때 한빈이 한껏 사람 좋은 표정을 지으며 입을 열었다.

"하지만, 다른 방법이 없는 것은 아닙니다."

"그게 뭐죠? 팽 공자님."

"특별한 부탁은 아닙니다. 그러니까……."

한빈의 조건은 간단했다.

흑사문의 무례를 용서하는 대신, 장운현에 머물 동안 설무익은 한빈의 수족이 되어야 한다는 것이었다.

말이 좋아 수족이지, 사실 노예에 가까웠다.

죽으라면 죽는시늉이 아니라 죽어야 한다는 것이 조건이었다.

하지만, 선택의 여지가 없었다.

진세미는 조용히 고개를 끄덕였다.

"그렇게 하겠습니다. 흑사문주에게는 제가 따로 이야기를 해 놓지요. 백사문의 이름을 걸고 약속하겠습니다."

"백사문의 이름으로 약속한다고 하시니, 그럼 믿겠습니다."

한빈이 씩 웃더니 철전 하나를 꺼내 튕겼다.

휙!

날아간 철전이 설무익의 어깨 부근을 때렸다.

팍.

어깨를 때리고 나온 철전이 바닥에 굴렀다.

데구루루.

동시에 마혈이 풀린 설무익이 자리에서 일어났다.

설무익은 마혈을 제압당해 누워 있었지만, 모든 대화를 다

들었다.

가장 놀란 부분은 자신이 작살내려 했던 하북팽가의 사 공자 한빈이 단순한 감시 대상이 아닌, 마휘의 귀빈이었다는 점이었다.

"대체 이게 무슨……."

억울함을 호소하려던 설무익은 방금 한빈의 동작을 떠올렸다.

철전을 던져서 진세미가 제압한 혈도를 풀었다.

간단한 수 같지만, 이것은 상당히 놀라운 수법이었다.

점혈법의 원리는 간단하다.

혈도를 내공으로 막는 것이 전부였다.

하지만 혈도를 푸는 것은 간단치 않았다.

자신의 불어 넣은 내공을 거둬들여야 하기 때문이다.

관도에 돌덩이를 쏟아서 길을 막는 것은 쉽지만, 돌덩이를 다시 거둬들이기는 힘든 것과 같다.

게다가 남이 제압한 혈도라면 더욱 힘이 든다.

적당한 공력에 적당한 힘으로 풀어야 하는데, 그 '적당한' 이라는 것을 맞추기가 힘들기 때문이었다.

문파마다 점혈법이 다르고 해혈법이 다른 것이 이런 이유였다.

타인의 제압한 점혈을 철전을 던져서 해혈한다라?

철전에 내공을 실을 수 있는 공력.

상대의 몸을 해치지 않는 적당한 힘.

한 치의 오차도 없이 원하는 곳에 명중시킬 정확도.

이 모든 것을 한 번에 갖추고 있다는 뜻이었다.

그렇다면 한빈은 초절정 이상이었다.

비슷한 나이대 중에 초절정의 경지에 들어선 이가 있던가?

최소한 강북 무림에는 없었다.

그런 자가 바보처럼 자신에게 당하고 있었다고?

순간 등골이 오싹했다.

수정반점을 손에 넣으려던 일부터 황당한 계약서까지.

그리고 지금의 상황 모두가 한빈의 함정이 아닐까 하는 가능성을 생각해 봤다.

혼자만 죽는 것이 아닌 문파가 괴멸할 수도 있다는 생각이 들었다.

설무익의 머릿속에는 계속 오만 가지 오해가 파고들었다.

설무익의 멍한 표정에도 아랑곳하지 않고 진세미가 말을 이었다.

"이제부터 저자를 수족처럼 부리시면 됩니다."

진세미가 설무익을 가리키자, 한빈은 그를 힐끔 확인하더니 못 믿겠다는 표정으로 말했다.

"혹시라도 제 말을 어기고 도망가면 어떻게 하시겠습니까?"

"세상 끝까지 가서라도 지우겠습니다. 백사문의 명예를 걸고요."

진세미는 의미심장한 표정으로 설무익을 바라봤다.

솔직히 흑사문 정도의 분파가 없어진다고 해도 하남 백사문에는 그다지 타격이 없었다.

한빈이 흑사문을 지워 달라고 했을 때 고민했던 것은 남의 눈초리 때문이지, 이익 때문은 아니었다.

자신의 분파를 스스로 지우는 문파를 누가 믿겠는가?

하지만, 한빈이 제안을 하면서 상황은 달라졌다.

강호인으로서 지켜야 할 신의라는 책임을 흑사문에게 다 넘겨 버린 것이다.

정확히는 흑사문이 아닌 설무익 개인이지만 말이다.

비장한 표정의 진세미와 어쩔 줄 모르는 설무익을 번갈아 보던 한빈이 팔짱을 꼈다.

그러고는 시선을 설무익에게 고정한 채 나지막한 목소리로 말을 이었다.

"장운현에 있는 동안은 끔찍한 고통이 뒤따를 것이다. 아마 구천지옥이 더 편안하게 느껴질지도 모르지. 그래도 이 조건에 동의하겠느냐?"

"……."

"뭐, 견뎌만 준다면 내 이 계약서까지 없던 일로 해 주지."

한빈은 품 안에서 설무익과 맺은 계약서를 흔들었다.

설무익이 눈을 크게 떴다.

흔들리는 계약서를 따라 설무익의 시선이 움직이자 한빈이 말을 이었다.

"그런데 만약 수하 중 한 명이라도 도망친다면, 내가 아닌 백사문에서 너희의 사돈의 팔촌까지 다 찾아 지울 것이다. 동의하겠느냐?"

한빈의 질문에 진세미는 눈을 크게 떴다.

자신이 사돈의 팔촌까지 찾아서 지우겠다고 한 적은 없었다.

사파에서도 이런 악랄한 약속은 하지 않는다.

그런데 저런 말을 서슴지 않게 하는 것을 보면…….

앞에 있는 한빈은 정파보다는 사파와 어울리는 사람이 맞았다.

모두의 시선이 모인 가운데 설무익이 천천히 고개를 끄덕였다.

"약속하겠습니다."

말투가 변했다.

한빈이 고개를 끄덕였다.

설무익이 자신의 방패가 될 걸음마를 뗐다고 생각했기 때문이다.

모든 일의 시작은 위아래를 아는 것에서부터 시작한다는 것이 한빈의 지론.

"그럼 지금부터 시작한다."

한빈은 방패라는 말은 뺐다.

이들이 알고 있을 필요는 없었기 때문이다.

"무엇을 말입니까?"

설무익이 불안한 눈빛으로 묻자 한빈은 손가락을 튕겼다.

딱!

그 소리에 맞춰 설화가 보따리를 들고 달려왔다.

설화는 탁자 위에 보따리를 풀어 놨다.

그곳에는 회색 환약이 무더기로 놓여 있었다.

진주처럼 겉면에 윤기가 감도는 환약이었다.

하지만 묘하게 불길한 분위기를 내고 있었다.

마치 독약이라고 말하고 있는 것만 같았다.

한빈은 아무렇지 않게 환약을 하나 잡더니 설무익의 입을 향해서 날렸다.

획.

백발백중의 초식은 한 치의 어긋남도 없었다.

설무익의 입 속으로 환약은 빨려 들어가듯 날아갔다.

꿀꺽.

자신도 모르게 정체불명의 환약을 삼킨 설무익이 비명을 질렀다.

"앗! 이게 대체 뭡니까?"

"독약은 아니다."

한빈의 말은 진실이었다.

그것은 독약이 아니라, 앞으로 이 마을을 쑥대밭으로 만들 허혈초보다 적어도 다섯 배의 부작용을 지닌 경혈초로 만든 단약이었다.

한빈의 말에 설무익은 아무 말 없었다.

단지 눈만 끔뻑거릴 뿐이었다.

"……."

한빈이 계속 말을 이었다.

"너희가 수행해야 할 임무는 별거 없다. 이 환약을 보름마다 먹고 객잔의 울타리 밖에서 삼백 보를 벗어나지 않으면 된다."

"그게 다입니까?"

드디어 설무익이 물었다.

한빈은 사람 좋은 얼굴로 밖을 가리키며 말했다.

"대신 삼백 보를 벗어나면 죽는다."

한빈은 마지막 말을 마치고 돌아섰다.

대신 진세미에게 눈짓하며 나머지 일 처리를 부탁했다.

한빈은 자신의 방으로 돌아와 공손세가에서 얻은 나무 상자를 열었다.

남에게 보이지 않기 위해 공손세가에서도 조심했던 물건이었다.

나무 상자를 열자 금빛 구슬이 모습을 드러냈다.

순간 한빈은 자신의 목걸이를 만졌다.

금빛 구슬은 한빈의 목걸이 속에 있는 은빛 구슬과 같은 용도의 물건이었다.

뭐, 외관상 다른 점이라고 한다면 금빛 구슬이 조금 더 크다는 정도.

그렇다면 금빛 구슬에도 보물이 들어 있을 터였다.

하지만 여는 방식이 달랐다.

은빛 구슬은 은옥이라고 해서 미세하게 진기를 조절해야 했지만, 이 금빛 구슬은 금옥이라고 한다.

금옥의 경우는 막대한 공력을 불어 넣어야 했다.

전생의 기억으로는 강호에 이 금옥이 등장한 것은 딱 한 번.

그리고 금옥을 열기 위해 화경급 고수 세 명이 모였다고 했다.

은옥을 연 경험은 있어도 금옥은 이렇게 보는 것이 처음.

한빈은 초식을 떠올렸다.

'무영수.'

아직 쓸 수 없는 진룡무영수와는 다르게 지금 당장 쓸 수 있는 초식이었다.

거기에 초식 하나를 더했다.

'일촉즉발.'

서서히 손에 진기가 모이기 시작했다.

동시에 한빈은 금옥을 향해 무영수의 초식을 날렸다.

팡!

귀가 얼얼할 정도의 파공성.

하지만, 한빈은 조용히 천장을 올려다봐야 했다.

이 정도의 진기에도 금옥은 흠집조차 나지 않은 것이다.

한빈은 문득 진룡파혼검을 떠올렸다. 그 초식이라면 이 금옥을 열고도 남았다.

그것도 잠시, 한빈은 고개를 저었다.

진룡파혼검은 공간을 아예 지워 버리는 초식이었다.

만약 금옥에 그런 무지막지한 방법을 쓴다면?

이 속에 든 내용물이 남아나지 않을 수도 있었다.

한참 동안 금옥을 살피던 한빈은 눈을 빛내며 기분 좋게 방문을 나섰다.

　

이틀 뒤.

한빈은 오른쪽 손목에 가죽 팔찌를 차고 있었다.

검오에게 부탁해서 만든 아주 특별한 보호대였다.

한빈은 조용히 가죽 팔찌를 손으로 튕겼다.

팅!

순간 종소리가 울렸다.

가죽 팔찌의 안에는 금옥이 담겨 있었다.

어떤 힘으로도 파괴할 수 없다면, 그것을 이용할 곳은 무궁무진했다.

안에 있는 것을 확인하지 않는다고 해도, 쉽게 파괴하지 못하는 금옥의 존재만으로도 보물이라고 한빈은 생각했다.

가죽은 황실에 바친 천산혈랑의 가죽 중 일부를 빼돌려 놨던 것이다.

붉은색의 가죽 팔찌는 한빈의 붉은색 무복과 잘 어울렸다.

한빈은 창문을 열고 창밖을 바라봤다.

창문 너머로는 지루하게 밖을 서성이는 설무익의 무리가 눈에 들어왔다.

그중에는 이런 평화가 불안한지 주변을 두리번거리는 놈도 있었고.

아무 일도 없다는 듯 울타리 밖에서 낮잠을 즐기는 녀석도 있었다.

물론 낮잠을 자는 놈은 설무익이었다.

한빈은 사람 좋은 얼굴로 그들을 지켜봤다.

그때 설무익이 어딘가 근지러운지 여기저기를 긁기 시작했다.

그 모습에 한빈이 나지막이 말했다.

"이제 조금 있으면 시작되겠군."

그때였다.

누군가 문을 두드렸다.

똑똑.

그 소리에 한빈이 말했다.

"들어와라, 설화야."

덜컹.

문이 열리고 설화가 재빨리 한빈에게 다가와 서찰을 전했다.

서찰을 펴 본 한빈의 표정이 시시각각 바뀌었다.

탈선

한빈은 조금 더 서찰을 자세히 뜯어 보려는 듯 얼굴을 가까이 가져갔다.

그것도 잠시, 다 읽고 난 한빈은 아무 일도 없었다는 듯 서찰을 탁자 위에 내려놨다.

그 모습에 설화가 물었다.

"공자님, 무슨 일이에요?"

"공손세가에서 온 서찰인데, 비밀 통로를 내가 쓸 수 있게 사람을 보내겠다는구나. 일단 답신을 보내야지."

"그럴 줄 알고 가져왔어요."

설화는 탁자에 종이와 벼루 그리고 붓을 펼쳐 놓았다.

붓을 잡은 한빈은 일필휘지로 내용을 써 내려갔다.

설화는 눈도 꿈뻑이지 않고 한빈의 표정을 바라봤다.

아무렇지도 않게 답신을 써 내려가는 한빈에게서 묘하게 기세가 느껴졌기 때문이다.

무슨 일일까?

설화는 내용을 확인했지만, 별반 특별한 것 없는 답신이었다.

내용은 공손세가에서 보낼 사람과 만날 장소 그리고 일시에 관해서였다.

종이 위의 먹이 마르자, 한빈은 서찰을 접어 설화에게 전했다.

"공손세가에서 온 사람에게 전해 줘, 설화야."

"네, 공자님."

설화는 재빨리 서찰을 가지고 나가려다가 멈칫하며 한빈을 바라봤다.

아까의 묘한 기세도 수상했었다.

그런데 한빈이 서찰을 쥐고는 심각한 표정으로 창밖을 보고 있었기 때문이다.

사실 한빈은 창밖을 보는 것이 아니었다.

그는 서찰에서 흘러나오는 천리추종향의 향기를 맡고 있었다.

이 향기는 공손명후가 가져간 철전에서 나는 향기와는 분명 다른 것이었다.

'그렇다면…….'

뭔가 결심한 한빈이 고개를 돌려 아직 머뭇거리고 있는 설화를 불렀다.

"설화야."

"네, 공자님."

"가는 길에 무명이에게 전해 줘."

"뭐라고 전할까요?"

"그냥 내가 좀 보자고 한다고 전하면 돼."

"네, 알겠어요. 공자님, 그리고 저 일 다 보고 요 앞에 나갔다 와도 되죠?"

"장운현에서 아는 곳이 있어?"

"아니요, 장삼 아저씨가 그러는데, 요 앞에 당과가 맛있다고 해서요. 그럼 가 볼게요."

설화는 재빨리 문을 닫고 나갔다.

설화는 언제 그랬냐는 듯 활짝 웃으며 이무명을 찾아 달려갔다.

한 시진 후 객잔 앞.

땡땡땡!

울타리 앞쪽에서 울려 퍼지는 종소리에 장대찬은 고개를 돌렸다.

장대찬은 지금 무슨 일이 일어나는 건지 얼떨떨할 뿐이었다.

처음에는 사정을 알고 이젠 설무익과 함께 죽은 목숨이구나 했다.

하지만, 의외로 한빈의 요구는 간단했다.

하북팽가의 사 공자 한빈이 시킨 일은 울타리에서 삼백 보 이상 벗어나지 말란 것이었다.

처음에는 굶겨 죽이려는 건 아닌가 하는 생각도 들었지만, 그날 이후 한 번도 굶은 적이 없었다.

지금처럼 때가 되면 종이 울리고.

울타리 앞으로 걸어가면 적혈맹호대의 부대주인 심미호가 배식을 시작한다.

지금처럼 말이다.

"모자라면 얘기해요. 더 줄 테니까요."

심미호가 웃으며 밥그릇을 건넸다.

"네, 알겠습니다. 부대주님."

장대찬은 꾸벅 고개를 숙이고는 그릇을 들고 그늘을 찾아 걸어갔다.

그때였다.

갑자기 누군가 장대찬의 뒤통수를 후려갈겼다.

빡!

통증에 뒤를 돌아보니 설무익이 기분 나쁜 듯 장대찬을 바라보고 있었다.

"누가 부대주야. 정파 년에게 부대주님이라고? 네놈이 정신을 덜 차렸구나. 이거 참, 아무리 빠져도 그렇지……."

설무익은 쉴 틈 없이 잔소리를 늘어놨다.

아무리 노예처럼 묶여 있는 신세이긴 해도 자신의 수하가 굽신거리는 것이 못마땅했다.

설무익의 잔소리가 계속되자, 장대찬은 얼굴을 굳혔다.

이곳에서 돌아간다 했다고 해도 흑사문에서 어떤 대우를 받을지는 뻔하다.

그냥 남아 있다가는 설무익과 공범이 되어 흑사문주에게 질책을 받을 것이 분명했기 때문이었다.

흑사문주의 성격으로 보면 아들인 설무익보다 수하인 자신에게 책임을 떠넘길 가능성이 농후했다.

사실 이곳에 남아 있는 것도 설무익이 겁나서가 아니었다.

도망치면 땅끝까지 쫓아와서 지운다는 진세미와 한빈의 말이 겁나서였다.

장대찬에게 설무익은 더는 상관이 아니었다.

그래도 장운현에 있는 동안은 참기로 했다.

장운현에서 떠나는 즉시 설무익과는 끝이라 결심했다.

표정을 수습하려던 장대찬의 눈에 비릿하게 웃는 설무익

의 얼굴이 들어왔다.

장대찬이 자신도 모르게 외쳤다.

"왜 때리십니까!"

"이게 어디서 말대꾸야!"

"이게 다 공자님 때문이 아닙니까? 일은 혼자 저지르시고 왜 책임은 같이 집니까?"

처음 일어난 하극상이었다.

뜻밖에 상황에 설무익이 수하들이 몰려들었다.

"왜 또 심통을 부리시는 거지?"

"그러게. 사실 장대찬의 말이 맞지. 지금 이 꼴이 누구 때문인데. 평생 노예가 될지도 모르는데 저러시는 건 너무한 거지."

"자네들 말대로 대찬이 말이 백번 맞지."

웅성대는 소리에 설무익의 볼살이 부르르 떨렸다.

설무익은 이대로라면 자신의 지위가 위험하다고 생각했다.

설무익은 하극상의 불씨는 빠르게 제거하는 게 좋다고 생각했다.

그는 허리에 차고 있던 검을 뽑았다.

스릉.

난데없는 상황에 웅성거리던 설무익의 수하들은 입을 딱 벌렸다.

장대찬도 자신의 실책을 깨닫고 뒤로 주춤주춤 물러서기

시작했다.

그 모습에 기가 살아난 설무익은 검을 장대찬에게 겨누며 외쳤다.

"네놈의 사지 근맥을 잘라 흑사문의 무너진 기강을 바로잡아야겠다!"

말을 마친 설무익은 자신의 수하, 장대찬을 향해 성큼성큼 다가갔다.

당장이라도 피가 튈 상황.

다른 수하들도 설무익을 어떻게 말려야 하나 고민했다.

하지만 설무익은 조금의 망설임도 없이 장대찬의 앞까지 다가와 검을 높이 들었다.

진짜로 장대찬의 신체 일부를 자를 것 같은, 일도양단의 기세였다.

다른 수하들도, 장대찬도 눈을 감았다.

그때 그들의 뒤쪽에서 부드러운 바람이 불어왔다.

바람은 부드러웠지만, 그 바람에는 묘한 기세가 실려 있었다.

휘─익!

순간 이상한 소리가 울려 퍼졌다.

빠─악!

수하들은 찔끔 감았던 눈을 조심스럽게 뜨며 주변을 둘러봤다.

하지만, 묘한 바람과 이상한 소리가 들렸다는 것을 제외하고는 아무런 변화도 없었다.

수하 중 누군가가 말했다.

"지금 무슨 소리지?"

"그러게 말이야."

"그런데…….."

수하 하나가 말끝을 흐리자, 다른 수하가 재촉하듯 물었다.

"그런데라니? 하고 싶은 말이 뭐야?"

"설 공자가 안 보이는데?"

"그러고 보니……. 조금 전까지 검을 들고 위협하고 있었잖아."

"그러게 말이야. 어디로 간 거지?"

모두가 고개를 갸웃하고 있을 때, 장대찬이 자신의 뒤쪽을 가리켰다.

"저, 저기 있네."

모두의 시선이 장대찬의 뒤쪽으로 모였다.

그곳에는 설무익으로 추정되는 사람이 대자로 뻗어 있었다.

수하 중 하나가 장대찬에게 달려오더니 물었다.

"대체 어떻게 된 건가?"

"눈 깜짝할 사이에 저기로 날아갔어!"

장대찬은 멍한 눈으로 설무익이 뻗어 있는 곳을 가리켰다.

장대찬은 아무리 생각해도 지금의 상황이 이해가 안 되었다.

분명히 누군가가 구해 준 것이 분명했다.

장대찬은 슬쩍 눈을 떴을 때 그 얼굴을 보긴 봤다.

검은 바람이 휙 지나가며 장대찬을 바라봤다.

희미하게 웃는 모습이 언뜻 떠올랐다.

마치 검은 근두운을 타고 가는 신선 같았다.

"누굴까……."

웃는 모습을 어디선가 본 것 같기도 했다.

뒷머리를 긁적이던 장대찬은 고개를 돌려 객잔을 바라봤다.

잘 생각해 보니 그 얼굴이 하북팽가의 사 공자, 한빈을 닮았기 때문이었다.

"설마……."

장대찬은 다시 혼자 뇌까렸다.

외모를 제대로 확인할 수 없을 정도의 빠른 경공술을 한빈이 구사한다니, 장대찬이 생각하기에 불가능했기 때문이다.

멍하니 있던 장대찬을 다른 수하들이 잡아끌었다.

설무익이 정신을 차리기 전에 피하자는 의미의 행동이었다.

❦

객잔에서 빠져나온 한빈은 구걸십팔보와 전광석화를 멈추

고 잠시 허공을 바라봤다.

[용안(龍眼)으로 구결을 확인합니다.]
[인급(人級) 구결 금(錦)을 획득하셨습니다.]
[인급(人級) – 금(金), 금(錦)]

한빈은 새로운 구결을 바라보며 고개를 갸웃했다.

공손명후에게 얻은 인급 구결 금(金)에 이어 이번에는 뜻하지 않은 곳에서 다른 구결 금(錦)을 얻었다.

하나의 초식일 수도 있고 별개의 초식에 쓰이는 구결일 수도 있었다.

어쨌든 인급 초식이 완성되면 자신의 무위를 한 단계 위로 올려 줄 것이 분명했다.

"쩝."

한빈은 자신도 모르게 입맛을 다셨다.

사실 한빈이 이번 구결을 얻은 것은 정말 우연이었다.

설무익이 자신의 수하를 해치려던 순간, 그의 뒤통수에서 구결을 나타내는 점이 깜빡였다.

이번 구결은 그냥 놔두면 바로 사라지리라는 것을 한빈은 본능적으로 알아챘다.

사실을 알면 행해야 하는 것이 군자의 도리.

한빈은 구결이 막 사라지려는 순간, 보이지 않을 정도의 속도로 달려갔다.

그러고는 무영수를 사용해서 설무익의 뒤통수를 한 치의 오차 없이 갈겼다.

그런 과정을 통해 한빈은 구결을 얻을 수 있었다.

한빈에게 설무익 일행은 방패를 넘어서 구결을 꽃피울 보물이 될 수도 있었다.

옛 성현이 미래를 위해 한 그루의 과일나무를 심겠다던 행동과, 자신이 설무익 일행을 잡아 놓은 행동은 비견된다 생각하며 희미한 웃음을 지었다.

구결을 확인한 한빈은 다시 구결십팔보와 전광석화를 운용하기 시작했다.

거기에 더해 반박귀진까지 운용했다.

공손세가 쪽을 바라보자 한빈의 가슴은 미세하게 뛰기 시작했다.

서찰에서 맡은 천리추종향은 한빈이 부채에 발라 놨던 향이었다.

그 말은 공손수가 정체불명의 고수와 접촉을 했다는 것이다.

물론 그 정체불명의 고수는 구 할의 확률로 적일 것이다.

한빈이 떠올린 가능성은 두 가지였다.

첫 번째 가능성은 공손세가가 정체불명의 적에게 습격을 받았다는 것.

두 번째는 공손수가 배신을 했다는 것이었다.

둘 다 한빈에게는 최악의 상황이었다.

사사—삭.

한빈의 신형이 풀잎 밟는 소리와 함께 공손수의 처소 뒤뜰에서 나타났다.

한빈의 무복은 달빛을 받아야 겨우 보일 정도로 짙었다.

그만큼 한빈은 주변의 사물에 잘 동화되어 있었다.

이것은 잠행술의 기본.

한빈은 주변을 둘러보고는 안도의 한숨을 내쉬었다.

이곳으로 오면서 떠올린 가능성 중 공손세가가 습격을 받았다는 가정은 지울 수 있었기 때문이었다.

그렇다면 공손수가 정체불명의 고수와 접촉했다는 다른 가정이 남는다.

한빈은 며칠 전 공손수와의 만남을 떠올렸다.

당시 한빈은 앞으로 생길 사건에 대해서 공손수에게 설명했지만, 구체적인 대처법에 대해서는 털어놓지 않았었다.

그 당시 공손수에게 모든 것을 말하지 않은 것은 어찌 보면 신의 한 수라는 생각이 들었다.

한빈은 이제부터 공손수의 일거수일투족을 감시하기로 했다.

정답을 얻기 전까지는 이곳에서 한 발짝도 움직이지 않을 계획이었다.

이무명이 당분간 한빈의 대역을 하고 있기에, 자신이 없어도 계획에는 차질이 없을 것이다.

⁂

다음 날 새벽.

사사삭.

한빈의 신형이 공손수의 뒤뜰에서 사라졌다.

새벽부터 한빈이 움직인 이유는 간단했다.

공손수가 새벽 수련을 위해 연무장으로 향했기 때문이었다.

한빈은 이곳에 벌써 열두 시진 넘게 발이 묶여 있었다.

한빈은 멀리 떨어진 곳에서 공손수의 행동을 바라봤다.

공손수는 연무장을 누비며 무영보를 밟고, 금나수로 떨어지는 낙엽을 쓸어 담듯 낚아챘다.

제법 괜찮은 수법.

대학자가 되지 않고 대문파에 들어갔다면 장문인 자리를 꿰찼을 수도 있는 재능이었다.

반 시진 정도 한빈이 그의 무공을 지켜봤을 때였다.

스산한 새벽바람이 연무장을 쓸고 지나갔다.

휘이-익!

그 모습에 한빈은 눈을 가늘게 떴다.

바람 사이에 섞여 있는 묘한 이질감을 느꼈기 때문이었다.

'뭐지?'

한빈의 눈이 커졌다.

그가 느낀 이질감의 정체는 바로 향기와 소리였다.

향기는 바로 부채에 발라 놓았던 천리추종향.

소리는 미약한 피리 소리였다.

피리 소리는 바람이 나뭇잎에 스치는 소리와도 같아서, 한빈이 아니었다면 못 들었을 정도의 소리였다.

피리라?

한빈은 눈매를 좁히며 바람이 불어오는 곳으로 고개를 돌렸다.

그때였다.

공손수가 갑자기 움직이기 시작했다.

무영보를 밟으며 연무장을 가로지르는 것이다.

한빈도 재빨리 구걸십팔보를 운용하며 그 뒤를 따랐다.

한빈은 최대한 조심스럽게 공손수의 뒤를 밟았다.

목적지는 정체불명의 고수가 있는 곳이 분명했다.

한빈은 피리 소리를 듣는 순간 한 가지 가능성을 더 추가해야 했다.

그것은 미혼술에 공손수가 당했다는 가정이었다.

미혼술이란, 사람의 혼을 끌어당겨 꼭두각시처럼 부릴 수 있는 사특한 무공 중 하나였다.

문제는 공손수의 평소 행동이었다.

미혼술에 당한 자가 아무렇지도 않게 행동한다?

그것은 있을 수 없는 일이었다.

사실 미혼술에 당한 사람은 평소 행동이 부자연스럽기 마련이었다.

한빈이 그동안 공손수를 관찰한 결과, 미혼술에 당한 흔적은 찾을 수 없었다.

만약 진짜 미혼술에 당한 거라면, 한빈은 최악의 상황을 가정해야 했다.

누구도 눈치채지 못할 정도의 미혼술을 구사하는 상대. 그 상대가 말도 안 되는 고수라는 이야기이기 때문이다.

그때는 미혼술이 아닌 미혼대법이라 칭해야 맞을 것이었다.

그렇다면 가장 피해야 할 것은 적과 정면으로 맞서는 것.

그 상황만큼은 피해야 했다.

한빈의 발걸음이 더욱 은밀해졌다.

사사삭.

얼마나 갔을까.

공손세가에서 꽤 멀리 떨어진 마을 외곽.

울창한 숲이 나타났다.

한빈도 재빨리 숲속으로 들어섰다.

숲으로 들어선 한빈이 가장 먼저 한 것은 지나가는 토끼를 하나 잡는 것이었다.

'백발백중.'

장자명에게 빌린 조그만 침을 토끼에게 날렸다.

픽.

토끼가 소리도 못 내고 쓰러졌다.

죽인 것은 아니고 움직이지 못하게 토끼를 마비시킨 것이다.

한빈은 토끼를 품속에서 꺼낸 자루에 담았다.

그리고는 주변에서 소나무를 찾아 몸의 곳곳에 송진을 발랐다.

한빈은 이번 미행만큼은 신중하게 진행하기로 했다.

미혼술을 구사하는 자뿐 아니라 하나가 더 있었다.

자신보다 강한 적을 둘이나 마주한다라?

그것은 한빈이 원하는 일이 아니었다.

한빈은 적의 존재를 자세히 알아야 하지만, 적은 자신의 진정한 힘을 몰라야 했다.

그것이 이번 승부에서 한빈이 깔아 놓아야 할 판이었다.

판 자체를 잘 짜 놓는 것은 승리의 필수 요건이었다.

오늘의 목적은 정면 승부가 아닌 정보 수집.

한빈의 이런 세세한 행동은 만약을 대비한 것이었다.

모든 준비를 마친 한빈은 공손수의 흔적을 조심스럽게 쫓았다.

잠시 후.

한빈은 공손수가 백색 무복의 여인과 만나는 것을 지켜보고 있었다.

백색 무복의 여인은 한눈에 보기에도 한빈의 위.

정확히는 잔혈마도나 황보세가에서 만났던 괴인보다 경지가 높았다.

물론 여인은 기세를 철저히 숨기고 있었다.

한빈은 철저히 기세를 숨기고 있는 백색 무복의 여인의 경지를 어떻게 추측할 수 있었을까?

그것은 오랜 시간 동안 강호의 풍파를 겪어 오면서 체득한 감각이었다.

저 여인은 화경의 경지 중에서도 이 경 이상이었다.

화경을 세부적으로 나누는 단위는 경이었다.

화경의 세부 경지인 일 경과 이 경에는 어떤 차이가 있을까?

흔히 일 경의 고수 셋을 감당할 수 있으면 이 경이라 부르고, 이 경의 고수 셋을 감당할 수 있으면 삼 경이라 부른다.

판단컨대, 쾌검난마를 쓴 한빈과 홍칠개까지 달라붙어야 백색 무복의 여인을 제압할 수 있는 수준이었다.

한빈은 최대한 숨소리를 죽이며 백색 무복의 여인의 모습에 집중했다.

그 여인의 입술은 유난히 붉었다.

더해, 입에 묘한 모양의 피리를 물고 있었다.

공손수가 오자, 그녀는 엄지 정도 크기인 참빗 모양의 짧은 피리를 입술에서 뗐다.

한빈은 여인의 입술이 유난히 붉게 보였던 이유를 알 수 있었다.

짧은 피리에서 살짝 피가 흐르고 있었다.

한빈은 피를 보며 자신도 모르게 입을 벌렸다.

여인이 가지고 있는 조그만 피리는 분명 혈향미혼소(血香迷魂梳)였다.

피리를 나타내는 소(簫)가 아닌 빗을 뜻하는 소(梳)를 쓰는 이유는, 피리가 조그만 빗처럼 보이기 때문이었다.

또한 혈향미혼소는 강호인들 사이에서는 보물이라 불리는 도구 중 하나로, 시전자의 피를 넣어 상대의 혼을 마음대로

부린다고 한다.

즉, 혈향미혼소의 매개체는 소리이면서 혈향이라는 말이었다.

미혼술에 당한 상대는 소리에만 반응하는 것이 아닌 상대의 피에 종속된다 들었다.

한빈은 공손수가 당한 미혼술의 정체를 알 것 같았다.

화경의 고수가 혈향미혼소를 펼쳤다면?

그것은 단순한 미혼술이 아닐 것이다. 빠져나갈 수 없는 그물에 걸렸다는 표현이 맞을 정도였다.

공손수 자신이 미혼대법에 걸렸다는 것조차 인지하지 못한다는 것이 가장 문제.

그다음 문제는, 공손수가 언제부터 미혼대법에 걸려들었냐는 것이었다.

한빈은 여인과 공손수의 대화에 집중했다.

공손수가 자신의 품을 뒤지더니 서찰 하나를 꺼냈다.

"여기 있습니다, 팔선 어르신."

공손수의 행동은 마치 자신의 주인을 극진히 모시는 하인과도 같았다.

여인은 공손수의 백발을 쓰다듬으며 칭찬하듯 말했다.

"그래. 수고했다, 아이야."

"……."

공손수는 마치 먹이를 기다리는 강아지처럼 여인을 바라봤다.

여인은 그런 공손수를 힐끔 보더니 화사하게 웃었다.

"하지만 칭찬해 줄 수는 없단다, 아이야. 그 이유를 너는 아느냐?"

"······."

"그건 네가 너무 늙었기 때문이다. 만약에 너의 생기를 뽑아낸다면 지금 이 자리가 너의 무덤이 될 테니까."

"······."

공손수는 활짝 웃는 표정으로 말없이 여인을 바라봤다.

여인을 바라보던 한빈은 팔선이라는 단어에 눈매를 좁혔다.

'팔선이라?'

한빈의 머릿속에 남아 있는 팔선은 무림에서 사라진 강남 무림의 여덟 명의 고수들이었다.

그들에게 공통점이 있다면 모두 도를 좇는 문파에 속해 있다는 점이었다.

재능과 성품을 타고났다 하여 강남에서는 그 여덟 명을 팔선이라 불렀다고 한다.

하지만 각 문파에서 촉망받던 이들이 한날한시에 주화입마에 걸린 후, 치료를 받다가 사라졌다.

이 때문에 모두가 쉬쉬했고, 해당 문파들은 입에 올리기를 꺼렸다.

아무 일도 없었다면 명성을 얻어 세상에 문파를 빛냈을 이들.

사람들은 이들이 사라진 사건을 탈선(脫仙) 비사라 불렀다.

뭐, 등선을 앞두고 길에서 벗어났다 해서 붙인 이름이었다.

사라질 때 동료를 목을 베었던 것으로 봐서, 탈선이란 의미는 제법 잘 들어맞았다.

무림 공적으로 이름을 올려야 할 상황.

하지만, 각 문파는 그 사건을 조용히 덮었다.

자신의 얼굴에 먹칠하기 싫었던 것이다.

그렇게 팔선은 강호에서 자취를 감추었다.

그것이 바로 십오 년 전의 이야기였다.

물론 그 후에 모습을 드러낸 적은 없었다.

한빈의 추측대로라면, 저 여인은 아미파의 백선이 분명했다.

전생에 봤던 자료에 의하면 정의맹에서는 그녀를 아미백선이라 불렀다.

하얀 무복에 가지런한 눈썹에 누가 봐도 단아한 인상.

거기에 대조되는 붉은 입술.

허리에 찬 은색 구절편까지.

모든 것이 전생에 한빈이 기억하던 자료와 일치했다.

'이름이 정소군이었던가?'

기억을 더듬던 한빈은 눈을 크게 떴다.

여인에게서 일렁이는 점을 확인했기 때문이었다.

저 구결은 분명히 인급 구결일 터.

저 여인에게 구결을 취한다면 인급 구결 하나 정도는 완성할 수 있을 것이다.

하지만 왠지 그림의 떡 같은 느낌이 강하게 들었다.

지금은 아미백선의 앞에 모습을 드러낼 때가 아니기 때문이었다.

그때였다.

스산한 바람이 한빈의 등을 스치고 지나갔다.

그와 동시에 여인의 옆에 한 사내가 나타났다.

흑색 무복의 사내였다.

흑색 무복의 사내가 말했다.

"저는 가 봐야겠소, 누님."

"혼자 맛난 거 먹으러 가나? 동생."

"본단에서 부르니 가 봐야지 않겠소. 나머지는 누님께 맡기겠소. 나는 한 달 뒤에나 돌아올 것 같소."

"호호, 동생이 간다니 서운하네."

"그런 표정 짓지 마시오, 누님. 누님의 표정을 보면 시원한 것 같은데, 내가 틀렸소?"

"틀리긴. 동생의 눈이 맞아. 시원하다 못해 등선한 느낌이야."

"제발 사고 치지 말고 자중하시길 바라오, 누님."

"알았어. 빨리 가 봐, 동생."

"그만 가 보겠소."

흑색 무복의 사내가 돌아서자 백의 무복의 여인이 입맛을 다셨다.

"쩝."

마치 진수성찬을 앞에 둔 표정이었다.

흑색 무복의 사내가 고개를 돌렸다.

"사고 치지 마슈, 누님. 아무나 잡아먹지 말기로 한 약속, 꼭 지켜야 하오."

그 말을 마지막으로 흑색 무복의 사내가 사라졌다.

스스—슥.

한빈이 다시 여인에게 집중하려고 할 때였다.

갑자기 등줄기가 오싹해진 한빈이 조심스럽게 고개를 돌렸다.

고개를 돌린 한빈은 뜨악한 표정으로 숨을 멈췄다.

흑색 무복의 사내가 이십 여장 밖에서 두리번거리고 있었기 때문이다.

'뭐지?'

한빈이 고개를 갸웃하고 있을 때, 흑색 무복의 사내가 검을 뽑았다.

스릉.

검을 뽑고 눈매를 좁힌 흑색 무복의 사내가 한빈이 숨어 있는 곳을 바라봤다.

"어디서 냄새가 나네, 수상한 냄새가……."

말끝을 흐린 흑색 무복의 사내가 천천히 한빈이 은신한 곳으로 걸어왔다.

터벅터벅.

그 모습에 한빈이 재빨리 토끼에게 박혀 있는 침을 뺐다.

쓱.

침을 빼자 토끼가 꿈틀거렸다.

한빈은 다시 움직이기 시작한 토끼를 재빨리 던졌다.

탁.

토끼는 한빈이 던진 방향대로 깡충깡충 뛰어갔다.

자신은 기척을 완벽하게 지웠다.

냄새와 흔적 등이 남지 않는, 완벽한 은신술을 펼치고 있었다.

한 가지 가능성이 있다면?

그것은 불어오는 바람에서 흔적을 느끼는 것이었다.

상대는 사람을 스치는 바람과 나무를 스치는 바람, 돌을 스치는 바람의 차이를 아는 고수라는 이야기였다.

일단은 피하는 것이 맞았다.

지금 한빈이 쓴 방법은 전생에서도 몇 번이나 속였던 검증된 방법이었다.

한빈은 멀어지는 토끼를 보며 속으로 기도했다.

'먹혀라!'

흑색 무복의 사내는 자신의 앞으로 토끼가 뛰어오자 검을 그었다.

휙.

그 검은 토끼의 한 치 앞에서 멈췄다.

하지만, 토끼는 사내의 검이 뿜어내는 기세에 꼼짝도 안하고 얼음이 된 것처럼 움직이지 않았다.

사내는 자신의 앞에 있는 토끼를 보더니 말했다.

"미안하구나, 잘못하면 무고한 생명을 해칠 뻔했어."

말을 마친 사내의 신형이 눈 녹듯 자리에서 스르륵 사라졌다.

사내가 사라지자 그제야 토끼가 빠르게 숲속으로 도망쳤다.

모든 광경을 지켜본 한빈은 더욱 그들이 팔선이 맞음을 확신했다.

전생의 기억으로, 흑색 무복의 사내는 종남흑선이 맞았다.

사라진 종남파의 천재.

지금은 검을 썼지만, 그의 절기는 권법이었다.

한빈은 지금 안 들킨 것이 천운이라 생각했다.

전생에서는 마주하지 않은 팔선이라?

일단 하나가 사라졌으니, 아미백선만이 남았다.

아미백선을 제압할 수 있다면?

저들의 배후를 밝혀낼 수도 있을 것이었다.

그보다 더 중요한 것은 바로 아미백선의 몸 곳곳에 일렁이는 점이었다.

'어쩐다…….'

한빈은 아미백선과 공손수가 나누는 대화를 바라보다가 사라졌다.

사사─삭.

한빈이 다시 신형을 드러낸 곳은 숲의 반대 방향이었다.

한빈이 이곳에 온 이유는 무엇일까?

그것은 아미백선 정소군에게서 구결을 취하기로 결심했기 때문이었다.

한빈은 그녀의 흔적을 찾은 이곳에 자리를 잡았다.

공손수를 만나러 가며 아미백선은 분명 이곳을 지나갔을

것이다.

그렇다면 언젠가는 이곳으로 돌아오기 마련.

정면 승부에서는 마주하기 벅찰지 몰라도, 미리 준비한다면 분명 승산은 있었다.

한빈은 재빨리 준비를 시작했다.

얼마나 지났을까?

한빈의 시야에 눈처럼 하얀 무복이 보였다.

이런 외진 숲을 지나갈 하얀 무복의 사람은 당연히 아미백선밖에 없었다.

한빈은 나무 위에 올라탔다.

휙.

여인은 계속 한빈 쪽으로 걸어왔다.

터벅터벅.

아미백선이 한빈의 머리 위로 지나갔다.

한빈은 미리 손에 뽑은 월아를 세웠다.

'전광석화.'

'쾌검난마.'

두 초식을 운용한 후 바로 이어서 용린검법의 다른 초식을 펼쳤다.

'일촉즉발.'

월아의 끝에서 푸른 검기가 일렁였다.

동시에 진기가 몸속을 휘돌다가 다리에 모였다.

순간 한빈이 화살처럼 아미백선을 향해 날아갔다.

슝!

바람을 가르며 위에서부터 내리꽂히는 한빈의 월아.

그 순간 아미백선이 고개를 들었다.

번쩍이는 월아를 본 아미백선은 당황하지 않았다.

도리어 흐뭇한 표정으로 허리에 묶어 놓았던 구절편을 뽑았다.

구절편은 아홉 막대를 이어서 만든 채찍.

아미백선의 구절편이 은빛을 띠는 이유는 만년한철이 내뿜는 한기 때문이었다.

그런 이유로 아미백선 정소군의 무기를 만년구절편이라 부르기도 한다.

아미백선은 둥그렇게 말아 놓은 채찍을 펴지도 않았다.

그 구절편을 잡은 오른손을 그대로 내질렀다.

챙!

월아와 아미백선의 구절편이 서로 인사를 하듯 경쾌한 소리를 냈다.

아미백선의 정수리를 향해서 날아오던 한빈의 몸이 수직에서 수평으로 꺾여 날아갔다.

힘없이 날아가는 듯 보였던 한빈이 몸을 틀었다.

그는 미리 준비라도 했다는 듯 나무의 몸통을 밟아 속도를 줄였다.

속도를 줄인 한빈이 공중에서 사뿐히 내려앉았다.

한빈과 아미백선 사이의 간격은 고작 다섯 걸음.

서로가 공격할 수 있는 간격에 들어선 것이다.

둘은 잠시 상대를 확인했다.

여유 있게 한빈을 훑어보던 아미백선의 미간에 골짜기가
파였다.

아무리 봐도 처음 보는 인물이기 때문이었다.

강북 무림에 대해서는 철저히 조사를 마친 상황에서 처음
보는 얼굴이라?

임무를 진행하는 데 있어서 가장 무서운 것이 바로 변수였
다.

지금 그 변수가 나타난 것이다.

그런데 그 변수가 만만치 않았다.

물론 그것은 아미백선의 착각이었다.

그녀는 하북팽가의 사 공자 한빈에 대한 조사를 철저히 마
친 상황이었다.

문제는 지금 한빈의 상태였다.

한빈은 얼굴에 진흙을 발라 상대가 자신을 못 알아보게끔
위장한 상태.

거기에 더해 항상 붉은색 무복을 입고 다니던 한빈이었기
에, 지금의 야행복은 그녀를 더욱 혼란스럽게 만들었다.

잔뜩 찌푸린 아미백선에 비해 한빈은 시종일관 웃고 있었다.

이것은 실력 차이를 좁히기 위한 한빈의 방법이었다.

아미백선의 경지는 한빈의 위.

일단 상대의 마음을 흔들어 놓아야 목적을 이룰 수 있었다.

한빈이 활짝 웃었다.

"잘 지냈어?"

"우리가 구면이던가?"

"구면이 아니면? 내가 아줌마를 어떻게 알아봐?"

"아줌마라고?"

"미안, 내가 헛소리를 했네. 노파보고 아줌마라니……."

한빈의 말이 끝나기도 전에 아미백선이 발끈한 표정으로 외쳤다.

"사악한 혀를 가진 놈이구나!"

"무고한 사람들을 죽이려는 당신이 나한테 할 말은 아니지, 안 그래?"

"……."

아미백선이 흥미롭다는 듯 말없이 한빈을 바라봤다.

한참을 보던 아미백선이 말했다.

"흙 속에 진주가 묻혀 있어. 내가 왜 못 알아봤지?"

"뭘 못 알아봐?"

"얼굴에 덕지덕지 붙은 진흙만 걷어 내면 먹을 만한 놈이
네."

한빈이 눈매를 좁혔다.

아무래도 격장지계의 수법이 그녀에게는 통하지 않는 것
같았다.

바로 감정을 수습하는 것으로 봐서는 그녀는 강호에서 닳
고 닳은 노고수였다.

한빈도 지지 않겠다는 듯 맞받아쳤다.

"고마워, 할매."

유독 나이에 관련된 단어에 발끈했기에 내뱉은 말이었다.

한빈의 예상대로 효과가 있었다.

아미백선은 눈가를 파르르 떨며 만년구절편을 쓰다듬었
다.

"아무래도 팔 하나 정도는 썰고 시작해야겠어."

"거참 궁금하네. 그다음은 어디를 노릴 건데?"

"그다음은 네놈의 혀다!"

말을 마친 아미백선이 한빈에게 달려들었다.

한빈은 팔짱을 끼고 여유 있게 상대를 기다렸다.

하나.

둘.

셋.

마음속으로 한빈은 숫자를 셌다.

아미백선이 구절편을 풀자 한빈이 제자리에서 진각을 밟았다.

순간 한빈의 몸이 아래로 꺼졌다.

푹.

이것은 미리 파 놓은 구덩이.

상대를 위한 함정이 아니라, 한빈이 몸을 피하기 위해 만들어 놓은 구덩이었다.

한빈이 사라지고, 그 자리에는 먼지가 연기처럼 피어올랐다.

난데없이 한빈이 사라지자, 아미백선이 휘두른 구절편은 허공을 스쳤다.

팡.

아미백선이 한빈이 만들어 놓은 구덩이 위를 지나가자 한빈이 다시 튀어나왔다.

아미백선을 향해서 달려드는 한빈.

한빈의 월아가 아미백선의 옆구리를 파고들었다.

푹!

하지만, 깊이가 얕았다.

살갗에 상처만 냈을 뿐, 관통하지는 못하고 월아가 튕겨 나왔다.

타다닥.

한빈은 재빨리 뒤로 물러서며 나지막이 외쳤다.

"호신강기!"

아미백선이 입가에 희미한 미소를 지었다.

"제법 매운데? 그렇지 않아도 간지럽던 곳인데 고마워."

아미백선이 옆구리를 톡톡 치며 웃었다.

그녀의 하얀 무복에 붉은 점이 점점 커졌다.

물론 한빈도 멀쩡한 것은 아니었다.

그녀의 옆구리에 월아가 닿자마자, 아미백선은 만년구절 편을 회수하며 한빈의 오른팔에 큰 자상을 남겼다.

어찌 보면 한 번씩 주고받은 상황.

이상한 것은 상처를 입은 아미백선의 표정이었다.

지금처럼 한 수씩 주고받았다면 한빈보다 고수인 아미백선은 분노해야 할 상황이었다.

그런데 그녀는 진짜 기뻐하는 듯 입꼬리를 올리고 있었다.

한빈도 입꼬리를 덩달아 올리고 있었다.

한빈은 슬쩍 자신의 팔에 난 상처를 확인하고는 허공을 바라봤다.

한빈이 이번 공격으로 얻은 것은 바로.

[용안(龍眼)으로 구결을 확인합니다.]

[인급(人級) 구결 화(花)를 획득하셨습니다.]

[인급(人級) – 금(金), 금(錦), 화(花)]

새로운 구결을 얻은 한빈은 활짝 웃었다.

아미백선과 대결에서 취해야 할 것은 그녀의 목숨이 아니었다.

가장 중요한 목적은 바로 구결.

한참을 웃던 한빈이 눈매를 좁혔다.

활짝 웃으며 한빈의 공격을 기다리는 아미백선의 모습이 다소 이해가 되지 않았던 것이다.

'혹시?'

한빈이 아미백선을 보며 한 가지 가정을 세웠다.

아미백선이 저렇게 행동하는 이유는 바로 그녀의 취향.

고민도 잠시, 한빈은 그녀를 향해 월아를 겨눴다.

구결십팔보와 전광석화.

그리고 쾌검난마를 조합한 검법.

세 가지 초식이 섞여 있지만, 한빈의 검로는 담백했다.

그것은 순수한 직선.

일직선으로 날아오는 월아를 본 아미백선이 구절편을 정면으로 돌렸다.

마치 회오리가 치듯 돌아가며 호랑이의 형상을 만들어 냈다.

붉은 강기가 만들어 낸 호랑이.

강기가 만들어 낸 회오리 안은 영락없이 호랑이의 입 속이었다.

한빈은 재빨리 월아를 세워 땅에 박아 공격을 멈췄다.

강기의 소용돌이의 안쪽에서 느껴지는 강한 마기 때문이었다.

호랑이의 아가리에 머리를 들이미는 짓을 할 수는 없었다.

뭐, 첫 번째 공격도 호랑이의 입에 손을 넣었다 뺀 기분이었지만, 호랑이가 입을 다물려 할 때는 빼는 것이 당연했다.

한빈이 월아를 발판 삼아 뒤로 튕기자 아미백선이 말했다.

"제법 눈썰미도 좋은데."

"칭찬은 감사히 받지. 그러지 말고 일단 이리 들어오지, 할매!"

한빈은 자신의 가랑이 사이를 가리키며 상대를 도발했다.

한빈의 외침에 아미백선이 눈을 흘기며 달려들었다.

"이놈, 아무래도 네 혀부터 잘라 놔야겠구나."

아미백선이 달려들자, 한빈은 돌덩이 하나를 주위에 아무렇게나 던졌다.

'백발백중.'

돌덩이는 한빈이 고정해 놓은 나무토막에 명중했다.

나무토막이 빠지자 옆쪽에서 밧줄이 풀리며 커다란 통나무 하나가 내려왔다.

눈 깜짝할 사이에 일어난 연쇄 반응이었다.

슈웅!

위쪽에서 떨어지는 통나무를 향해 아미백선이 구절편으로 원을 그렸다.

바사—삭.

커다란 통나무가 나뭇잎이 바스러지듯 가루가 되어 주변으로 흩날렸다.

통나무가 톱밥처럼 먼지로 변하자, 아미백선은 다시 한빈이 있는 쪽으로 달려들었다.

하지만, 한빈은 그녀의 앞에 와 있었다.

'성동격서.'

공력의 소모는 있지만, 이 시기에 가장 적절한 초식이었다.

전광석화와 함께 어우러진 성동격서가 뱀처럼 휘어서 어깨를 찍었다.

둘 사이의 간격은 불과 한 걸음.

장거리에 특화된 무기인 구절편이 가장 애를 먹는 간격이었다.

하지만, 아미백선은 구절편을 회수한 후 다시 말아 줘었다.

그녀는 공격을 피하지 않고 도리어 한빈을 향해서 구절편을 날렸다.

퍽!

푹!

한빈의 월아와 아미백선의 만년구절편이 상대의 몸에 적중했다.

동시에 서로가 뒤로 물러났다.

파파박.

한빈은 자신의 어깨에 흐르는 피를 아무렇지도 않게 바라봤다.

한빈의 표정을 본 아미백선이 웃었다.

"마음에 드네."

"별말씀을."

한빈이 손을 내저으며 웃었다.

아무래도 아미백선의 의도를 알 것 같았기 때문이다.

아미백선은 상대에게 고통을 주는 것을 즐기면서, 자신이 상처를 입는 것 또한 즐기는 것 같았다.

그녀는 한빈을 보며 입맛을 다시고 있었다.

요혈만 아니면 상처를 입는 것을 은근히 바라는 눈빛이었다.

어쨌든, 한빈에게 중요한 것은 다시 구결 하나를 얻었다는 점이었다.

[인급(人級) − 금(金), 금(錦), 화(花), 첨(添)]

하나가 다시 늘어났다.

한빈은 눈매를 좁히며 아미백선의 몸을 살폈다.

이제 남아 있는 구결은 하나였다.

그때 한빈을 본 아미백선이 말했다.

"네놈도 나랑 비슷한 취향을 가졌구나. 가능하면 마무리는 불지옥보다 더한 고통을 맛보게 해 줄 테니 어서 오너라."

"휴……. 누님, 이제는 살살 하자고."

한빈이 씩 웃으며 그녀의 앞으로 다가섰다.

동시에 한빈의 월아와 아미백선의 만년구절편이 다시 부딪히며 불꽃을 냈다.

챙! 챙!

쉴 새 없이 부딪히는 둘의 병장기 소리에, 산짐승들이 그대로 동작을 멈췄다.

나뭇가지 위에 올라앉은 새들은 둘의 기세에 눌려 바닥에 떨어졌다.

툭. 툭.

두 사람이 내는 병장기 소리는 타악기 소리, 새들이 떨어지는 소리는 그 간주 같은 느낌이었다.

한빈의 흑색 무복은 군데군데 찢어져 살갗의 핏물이 고스란히 드러나 있었고, 아미백선의 하얀 무복은 일정하게 붉은색 점이 찍힌 덕분에 색동저고리라고 해도 믿을 정도로 변해 있었다.

계속 공방을 이어 나가던 한빈은 눈매를 좁혔다.

한빈의 추측대로 아미백선은 고의로 자신의 몸을 내주고 있었다.

여기서 문제는 아미백선이 마지막 남은 구결을 내어 주지 않고 있다는 점이었다.

마지막 남은 구결은 묘하게 단전의 세 치 위에 있었다.

정확히 복부의 가운데 부분.

요혈로 향하는 공격만은 철저히 막고 있는 아미백선이었다.

아미백선에게 한빈의 공격은 그저 유흥에 불과한 것처럼 보였다.

그때 아미백선이 번개처럼 뒤로 물러나며 외쳤다.

"이제부터는 내 차례니 기대해도 좋다, 아이야!"

아미백선이 화사하게 웃으며 경고했다.

한빈도 맞받아쳤다.

"기대하지."

한빈은 씩 웃으며 맹렬하게 머리를 굴렸다.

피에 절어 있는 무복에 비해, 아미백선의 눈빛은 너무 멀쩡했다.

그런데, 이제부터라니?

본격적인 실력을 보인다면 한빈이 구결을 획득할 기회가 없을지도 몰랐다.

마지막 남은 구결을 획득하고 나면 한빈은 두 가지 계획

중 하나를 선택해야 했다.

그중 하나는 삼십육계였다.

만약에 상대도 안 된다 생각하면 뒤도 안 돌아보고 도망칠 생각이었다.

하지만, 아직은 섣불리 판단할 수 없었다.

한빈은 천천히 아미백선을 향해 걸어갔다.

그러고는 초식을 대체했다.

'반박귀진.'

'전광석화.'

아무런 적의가 없다는 듯 월아까지 검집에 넣었다.

그러고는 활짝 웃으며 아미백선을 향해 웃었다.

터벅터벅.

아무렇지도 않게 걸어오는 한빈을 본 아미백선이 구절편을 바닥에 풀었다.

그러고는 한빈을 향해 위협하듯 휘둘렀다.

쫘─악.

동시에 나뭇잎이 양쪽으로 갈라지며 길을 만들어 냈다.

나뭇잎과 섞여 튀어 오른 돌멩이 하나가 한빈의 뺨을 스치고 지나갔다.

하지만, 한빈은 걸음을 멈추지 않았다.

마치 호랑이의 입에 머리를 들이미는 것과 같은 상황.

피식 웃음을 지은 아미백선이 말했다.

"벌써 포기한 건가?"

그때 한빈은 아미백선의 코앞에서 멈췄다.

어떤 적의도 보이지 않으며 다가온 한빈이 무표정한 얼굴로 말했다.

"너희 사부인 의령사태가 안부 전해 달라던데, 정소군."

"그, 그게 무슨 말이냐?"

아미백선이 처음으로 당황했다.

자신의 이름과 사부가 한빈의 입에서 튀어나오자 당황한 것이다.

한빈은 재빨리 손을 뻗었다.

'무영수.'

반박귀진에 무영수를 섞자 묘한 초식이 나왔다.

아미백선은 멍하니 한빈을 보고 있었다.

그녀는 왜 멍하니 한빈을 보고 있었을까?

그녀는 한빈의 행동에서 어떤 적의도, 어떤 의도도 찾지 못했다.

심지어 한빈이 내뻗는 무영수조차도 공격으로 보이지 않았다.

오히려 무영수가 마치 그녀의 손을 잡으려고 뻗는 동작처럼 보였다.

거기에다 지금, 아미백선은 자신의 본명과 사부의 이름을 듣고 당황한 상태였다.

이런 원인이 모여 한빈은 구결을 나타내는 점에 무영수를 적중시킬 수 있었다.

팍!

숲속을 울리는 커다란 소리와 함께, 아미백선이 뒤로 열 걸음 이상 물러났다.

아미백선은 이제 더는 봐주지 않겠다는 듯 한빈을 노려보고 있었다.

한빈도 역시 앞을 바라보고 있었다.

물론 한빈이 보는 것은 아미백선이 아닌 허공.

한빈은 기쁜 기색을 숨기기 위해 이를 악물었다.

어찌 되었든, 상대에게 진정한 감정을 내보이는 것은 승부사로서는 실격이라고 생각했기 때문이었다.

[흩어진 용린검법의 구결 중 하나의 초식을 완성했습니다. 초식이 활성화됩니다.]

[인급(人級) 초식 금상첨화(錦上添花)를 획득하셨습니다.]

[금상첨화(錦上添花) - 용린검법의 초식 중 신체 강화의 수법에 해당합니다. 금상첨화는 일정 시간 동안 자신의 신체를 최상의 상태로 만듭니다. 여기서 신체란 머리, 팔, 다리 등 오체를 뜻합니다. 지속 시간 한 시진. 단, 열두 시진마다 한 번 사용 가능합니다. 필요 공력 오 년.]

금상첨화라?

새로운 초식을 확인한 한빈은 뒤로 물러섰다.

그 모습에 아미백선이 말했다.

"이놈, 도망가려는 것이냐?"

"그럼 내가 어떻게 하길 바라는데?"

"네가 그러고도 무인이냐?"

화가 잔뜩 난 아미백선은 구절편으로 바닥을 쳤다.

쫘악!

한빈은 아무렇지도 않게 뒤로 물러서며 외쳤다.

"에이, 참. 할매는 왜 놀음판의 법칙을 몰라!"

"놀음판의 법칙이라고?"

아미백선의 가지런한 눈썹이 꿈틀댔다.

그 모습에 한빈은 슬쩍 입꼬리를 올렸다.

"원래 딴 사람은 배짱부려도 되는 거야. 따고 배짱이라는 놀음판의 격언도 몰라? 그러니 할매라 하는 거지. 그럼 나중에 보자고…… ."

한빈은 아미백선을 향해 반갑게 손을 흔드는 여유까지 부렸다.

말을 마친 한빈의 신형이 자리에서 사라졌다.

사사―삭.

봄날 눈 녹듯 사라지는 한빈의 모습을 본 아미백선의 눈이 커졌다.

"이놈이!"

아미백선은 노한 표정으로 한빈이 사라진 방향으로 날았다.

한빈을 만나고는 처음 내보이는, 아미백선의 감정이 담긴 표정이었다.

한빈은 뒤를 힐끔 돌아보다 헛숨을 내쉬었다.

"아, 빠르네."

한빈의 말은 진심이었다.

한빈이 구사하는 구걸십팔보가 중원 최고의 경공술이었지만, 그 차이를 아미백선은 내공으로 메꾸고 있는 것 같았다.

사실 지금 아미백선이 구사하는 경공술도 만만한 수법은 아니었다.

그녀가 구사하는 경공은 아미파의 운우파보(雲雨破步), 하늘 위에서 쏟아지는 비를 구름 위에 올라서 피한다는 아미파의 절기.

초식 이름에 파(破)를 쓴 것은 이 절기를 극성까지 익히면 시전자가 내디디는 걸음에 구름과 비가 아예 없어진다고 해서 붙여진 이름이었다.

아미백선의 손아귀에서 도망치던 한빈은 고개를 갸웃했다.

용린검법의 기본편 속성 중 회복을 나타내는 복(復)이 점점 줄어들고 있기 때문이었다.

한빈은 조금 더 속도를 높였다.

사사—삭.

계속 구걸십팔보를 운용하며 자신의 팔을 바라봤다.

붉은 피가 점점 시커멓게 변했다.

혈관을 타고 쏟아지는 피가 검다는 것은?

독이 혈맥 깊숙이 파고들었음을 뜻했다.

이제 한 걸음만 더 나아가면 숲을 벗어나 마을로 돌아갈 수 있다.

하지만, 그것은 한빈이 원하는 바가 아니었다.

지금 한빈은 철저히 신분을 숨겨야 했다.

한빈은 조용히 자리에서 멈췄다.

두 번째 계획을 실행하기 위해서였다.

한빈은 아미백선을 기다리며 여유 있게 휘파람을 불었다.

마치 자신이 여기 있다고 외치는 것 같았다.

한빈은 팔짱을 끼고 커다란 바위에 기댄 채 앞을 바라봤다.

드디어 한빈의 시야에 아미백선이 활짝 웃으며 모습을 드러냈다.

"휴, 여기 있었네. 살면서 제일 화나는 게 뭔지 알아?"

"내가 할매 사정까지 알아줘야 하나?"

"자꾸 할매라고 하지 마. 이런 몸매, 이런 얼굴이 어디 봐서 할매야? 젊은 누님이지."

아미백선은 얼굴과 몸매를 자랑하듯 가슴을 활짝 폈다.

그러고는 한빈에게 한 걸음 다가섰다.

그 모습에 한빈이 피식 웃었다.

"재미있군. 그건 그렇고 제일 화나는 건 뭐지? 갑자기 궁금해지네."

"그건 내 밥이 도망치는 거지. 반찬이 도망치는 것까지는 참겠는데, 밥이 도망치면 못 참겠더라고."

"그렇구나. 그런데 그쪽은 밥에 독을 넣나 봐?"

한빈이 오른팔을 타고 흐르는 검은 피를 가리켰다.

그것을 본 아미백선이 말했다.

"원래 나는 밥을 독물에 타서 말아 먹어."

말을 마친 아미백선은 입맛을 다시며 한 발 다가왔다.

"참, 할매는 버릇도 이상하네."

되받아친 한빈은 긴장을 늦추지 않고 그녀의 행동을 하나하나 뜯어봤다.

한빈의 예상대로, 아미백선은 품속에서 혈향미혼소를 꺼냈다.

자세히 보니 갈대로 만든 대롱을 여러 개 합쳐 놓은 것 같은 모양이었다.

여러 개의 조그만 피리를 일렬로 붙여 놨으니 빗처럼 보였던 것도 당연했다.

아미백선의 의도는, 적에게 미혼술을 건 후 마음대로 요리하겠다는 것이었다.

그녀가 밥이라고 한 것은 적의 몸이 아닌 적의 생기였다.

가장 팔팔한 상태에서 생기를 취하려면 상대를 항거불능의 상태로 만들어야 한다.

목을 베서 만드는 것이 아닌 팔팔한 상태로 말이다.

아미백선은 입에 딱 맞는 혈향미혼소를 물고는 입술을 살짝 깨물었다.

그녀의 피가 혈향미혼소를 적시자, 그렇지 않아도 붉은 피리는 더욱 붉게 보였다.

동시에 구슬픈 피리 소리가 숲속에 울렸다.

삐-휘리리.

피리를 불자 적이 눈을 게슴츠레 뜨며 혼이 흐려지는 것을 느낄 수 있었다.

그 모습에 아미백선은 손을 뻗었다.

그녀의 손이 한빈의 턱을 어루만졌다.

그러고는 점점 목덜미를 쓰다듬었다.

그녀의 손에는 붉은 진기가 일렁이고 있었다.

완벽한 미혼대법을 위해서 내공으로 적을 통제하고 있는 것이었다.

눈을 게슴츠레 뜬 한빈은 용린검법의 초식 중 하나를 운용했다.

'자승자박.'

그것은 상대의 공력을 돌려주는 효과가 있는 초식이었다.

상대가 한빈보다 경지가 높으니 이 할을 돌려받게 될 것이었다.

한빈은 왜 자승자박을 떠올렸을까?

이유는 간단했다.

그동안의 실험에 의하면, 자승자박의 초식이 돌려보내는 공력이라는 것은, 내공만을 말하는 것이 아니었다.

미혼대법의 수법을 포함한 아미백선의 모든 공격 중 이 할을 돌려보낼 수 있는 것이었다.

이것이 바로 한빈이 기다리던 기회였다.

한빈은 이어서 쾌검난마를 운용했다.

상대의 마기에 더욱 격렬히 반응할 것이었다.

한빈도 아미백선의 목덜미를 잡았다.

아미백선이 보내는 미혼대법의 수법 중 일부를 다시 돌려보내고 있는 것이었다.

아미백선은 아무 말 없이 계속 혈향미혼소를 불고 있었다.

그 모습에 한빈이 씩 웃으며 말했다.

"그 독 말이야."

"……."

아미백선은 입을 열 수 없었다.

계속 혈향미혼소를 연주해야 했기 때문이다.

하지만, 독이라는 단어가 나오자 아미백선의 눈썹이 다시 꿈틀댔다.

그것도 잠시, 그녀는 마음을 다잡고 연주를 이어 나갔다.

하지만, 한빈의 다음 말은 그녀를 다시 혼란에 몰아넣었다.

"나도 탔는데……."

한빈은 말끝을 흐리며 묘한 웃음을 지었다.

"……."

휘-힉.

혈향미혼소의 음이 살짝 어긋났다.

아미백선도 그만큼 당황했다는 증거.

아미백선은 적의 격장지계에 넘어가지 않겠다는 듯 말없이 피리를 불었다.

휘-리리.

한빈이 다시 말을 이었다.

"농담 아니야. 아까 그 통나무에 섞어 놓았고 내 검에도 발라 놨거든. 아마 뻐근한 느낌이 용천혈에서부터 올라올 거야. 나도 독에 밥 말아 먹는 걸 좋아하거든."

"……."

아미백선은 아무 말도 할 수 없었다.

한빈의 말은 사실이었다.

혈향미혼소를 연주하며 슬쩍 자신의 몸을 관조해 보니, 용천혈에서부터 혈맥이 불순하게 움직이고 있었다.

혈향미혼대법을 시작한 순간 멈출 수는 없었다.

대법을 멈추는 순간, 모든 기운이 자신에게 몰아칠 것이었다.

한마디로 기호지세.

하지만, 걱정할 것은 없었다.

이제까지 미혼대법에서 벗어난 자는 한 명도 없었다.

그녀는 미혼대법으로 상대를 완벽하게 옭아 넣은 후 해약을 받으면 된다고 생각했다.

그녀는 혈향미혼소와 한빈의 목덜미를 잡은 손에 공력을 더욱 집중시켰다.

그러다가 한 가지 이상한 점을 발견했다.

바로 묘한 기운이 자신의 손을 타고 흘러들고 있다는 점이었다.

마치 자신의 기운이 돌아오는 기분이었다.

몸속으로 들어온 기운은 묘하게 몸을 휘돌았다.

자신을 재우려는 듯 쓰다듬는 것 같았다.

아미백선은 그제야 그 공력의 정체를 깨달았다.

분명 자신이 적을 옭아 넣기 위해 불어 넣은 미혼대법의 공력이었다.

무림에서 흔히 말하는 이화접목의 수법.

그런데 이화접목의 수법이란, 상대의 힘을 이용해서 타격을 주는 것.

지금처럼 사술을 돌려주는 경우는 듣도 보도 못했다.

아미백선은 그제야 상대를 만만히 봤음을 깨달았다.

내공은 자신보다 아래일지 몰라도, 상대는 자신보다 더한 사술을 펼치고 있다는 것을 깨달은 것이다.

아미백선은 적을 자신의 것으로 만드는 것을 포기하기로 했다.

그녀는 적의 목덜미를 잡은 자신의 오른손에 힘을 주었다.

바로 목을 부러뜨리기 위함이었다.

하지만 그녀의 손에는 힘이 들어가지 않았다.

불던 피리도 멈출 수 없었다.

'이런, 미친······.'

한빈을 보던 아미백선의 눈도 게슴츠레해졌다.

아미백선은 마지막 수를 쓰기로 하고 단전의 모든 기를 방출했다.

휘-리리.

그녀의 피리 소리가 더욱 커졌다.

마치 산중의 왕 호랑이가 포효하는 것 같았다.

그 기세가 얼마나 맹렬한지, 반대쪽 숲에 있던 새들도 놀라 날아갔다.

파드득.

이것은 한빈이 의도하지 않은 상황.

한빈은 갑자기 강렬해진 기세에 이를 악물었다.

자승자박이 펼치는 이화접목의 수법과 기본 구결 중 회복의 속성으로 버티고 있었는데, 이제 한계를 넘어선 것이다.

한빈의 뺨을 타고 피가 흘러내렸다.

주르륵.

한빈의 귀에서 흘러내리는 피였다.

한빈의 청력이, 폭발하듯 밀려드는 혈향미혼소의 소리를 견뎌 내지 못하는 것이었다.

그때 한빈의 눈앞에 방금 얻었던 초식이 보였다.

'금상첨화.'

한빈은 재빨리 금상첨화를 운용했다.

금상첨화는 신체의 일부를 극한까지 끌어올리는 수법.

한빈은 금상첨화를 머리에 사용했다.

순간 한빈의 눈이 커졌다.

노도처럼 밀려들던 혈향미혼소의 소리가 마치 자장가처럼 들리기 시작한 것이다.

거기에 더해 머릿속에 쌓였던 미혼대법의 효력도 신기루처럼 사라졌다.

한빈은 이제 마지막 일격을 날리기로 했다.

한빈은 입술을 꽉 깨물었다.

입 속에 피가 한 움큼 고이자, 재빨리 백발백중의 초식으로 아미백선의 입술에 물려 있는 혈향미혼소를 향해 날렸다.

획!

백발백중의 초식으로 날아간 핏물은 정확하게 아미백선이 물고 있던 혈향미혼소와 입술에 적중했다.

　순간 그녀의 얼굴이 악귀처럼 일그러졌다.

　아미백선은 한빈의 손아귀에서 벗어나려 발버둥 쳤다.

　하지만, 한빈은 그녀의 목덜미를 잡은 손에 힘을 주었다.

　꽈악.

　한빈과 아미백선은 서로의 목덜미를 잡은 채, 석상처럼 꼼짝하지 않았다.

　얼마나 지났을까?

　숲속을 울리는 혈향미혼소의 연주가 끊기고, 엉켜 붙었던 남녀가 떨어졌다.

　정확히는 한빈이 아미백선을 밀어 낸 것이었다.

　아미백선을 본 한빈은 안도의 한숨을 내쉬었다.

　"휴……."

　이것은 진심이 담긴 행동이었다.

　만약 금상첨화의 초식이 없었다면, 아미백선이 연주하는 혈향미혼소의 음에 정신이 잠식당했을 수도 있었다.

사면초가

　한빈의 입가에 희미한 미소가 피어났다.

　새로 얻게 된 초식으로 위기를 벗어났다라?

　어찌 보면 용린검법이 자신을 위해 준비한 안배와도 같았다.

　제법 많은 공력을 소비한 한빈은 정신과 육체를 회복할 시간이 필요했다.

　한빈은 조용히 눈을 감았다.

　차 한 잔 마실 시간 정도가 흘렀다.

　한빈은 숨을 돌린 뒤, 바위에 기댄 채 멍하니 있는 아미백선을 땅 위에 눕혔다.

제 꾀에 당한 아미백선은 멍한 눈으로 시전자의 명령을 기다리고 있었다.

물론 혈향미혼대법의 시전자는 한빈이었다.

과연 어떻게 된 일일까?

한빈은 전생에 귀검대주로 살며 미혼대법과 제법 많이 마주했다.

미혼대법의 파훼법에 대해서는 누구보다 잘 알고 있었다.

그런 이유로 혈향미혼대법이 두 가지를 매개체로 한다는 것을 알고 있었다.

간단히 말하면, 그 두 가지 매개체는 소리와 피였다.

그것들을 사용해서 상대를 노예로 만든다.

그 매개체가 변한다면?

먹을 것에 침을 발라 자신의 것이라 표시하듯, 한빈은 그렇게 혈향미혼소에 자신의 피를 발라 놓은 것이었다.

피가 침투하며 아미백선이 연주하던 혈향미혼소의 시전자는 한빈으로 바뀐 것이었다.

피를 인식하는 혈향미혼소는 강호에 떠도는 소문대로 기물이 맞았다.

'혈향미혼소라……. 과연 성공했을까?'

한빈은 다시 아미백선 정소군을 바라봤다.

완벽하게 상황은 주객이 전도되었다.

물론 영구적인 것은 아니었다.

효과는 아미백선이 이번에 실행했던 대법에 한해서였다.

일단 아미백선은 혈향미혼대법에 걸려든 상태.

아미백선을 완벽하게 자신의 수족으로 만들어야 했다.

그러기 위해서는 이제 두 번째 단계가 남아 있었다.

한빈은 아미백선을 보며 휘파람을 불었다.

미세하게 한빈의 입술이 떨리며 휘파람 소리가 빠져나왔다.

휘이-익.

한빈이 아미백선을 바라봤다.

"이 소리, 기억했어?"

"……."

아미백선은 아무 말이 없었다.

한빈이 다시 휘파람을 불었다.

그러고는 다시 물었다.

한빈은 같은 행동을 열 번 넘게 반복했다.

한빈이 다시 물었다.

"이 소리를 기억했나, 아미백선 정소군?"

"네, 기억했습니다."

아미백선이 건조한 어투로 답하자 한빈은 그 자리에 털썩 앉았다.

이제 아미백선은 혈향미혼대법에 완전히 걸려든 것이다.

한빈의 혈향에 종속되었고, 소리마저도 이제 한빈의 휘파람 소리에 반응하게 만들어 놨다.

한빈은 지친 듯 그녀의 앞에 털썩 앉았다.

편안한 자세로 한빈이 입을 열었다.

"이제 앉아."

"……."

말없이 눈만 끔뻑이자 한빈이 손을 내저었다.

"그냥 편하게 주군이라고 불러."

"네, 주군."

"그럼 편안히 앉아."

한빈의 말에 아미백선이 자리에 앉았다.

한빈이 말했다.

"해약 좀 꺼내 봐."

"네, 주군."

아미백선이 품속을 뒤져 호리병을 꺼냈다.

호리병에서 해약 하나를 꺼낸 한빈은 조심스럽게 은침으로 찔러 봤다.

마지막 순간까지 신중하게 접근하는 것이 맞았다.

해약이 안전한 것을 확인한 한빈은, 흡족한 표정으로 해약을 삼켰다.

그는 해약이 든 호리병을 다시 건넸다.

"이건 넣어 놔."

"네, 알겠습니다."

"내가 몇 가지만 물어볼게."

"네."

"너희가 찾으려고 하던 것이 공손세가에 있던 것이냐?"

"아닙니다."

"그럼 대체 무엇을 찾으려고 한 것이냐?"

"아직은 모릅니다."

"그럼 이번 임무에 대해서 다 말해 봐."

"그러니까……."

설명을 다 듣고 난 한빈은 자신도 모르게 침음을 흘렸다.

"흠……."

상황이 묘했다.

강호에서 사라졌던 팔선이 나타난 것도 신기한데, 그들은
이 조직의 몸통이 아니었다.

뜻밖에도, 아미백선은 장운현에서 일어나는 사건에 대해
서 아는 바가 없었다.

그녀는 흑선과 함께 이 마을에서 나가는 인원을 통제하는
임무를 맡았다고 한다.

물론 공손수를 손에 넣으며 안쪽의 상황을 보고받는 것도
포함해서 말이다.

나머지는 다른 이가 맡았다고 한다.

한빈이 알아낸 것은 딱 여기까지였다.

그녀가 속한 단체에 대해 알아보려고 할 때마다 아미백선은 피를 토하며 괴로워했다.

"으으윽. 아, 안 돼."

지금처럼 말이다.

아미백선은 머리를 감싸 쥐고 있다.

아무래도 금제에 당한 것 같았다.

금제와 한빈의 지시가 충돌한 것이 분명했다.

머리에 혈관이 소면 가락처럼 튀어나와 붉어졌다.

이대로 두면 그녀의 머리가 터질 것이 분명했다.

한빈이 손을 내저었다.

"지금 질문은 취소한다."

"휴우……."

아미백선이 깊숙이 숨을 들이켜며 혈색을 찾았다.

한빈은 그녀를 보며 눈매를 좁혔다.

어떤 수법인지 모른다면 그것을 풀 방법이 없었다.

안다고 해도 그녀의 금제를 푸는 것은 위험했다.

그것은 타초경사의 우를 범하는 격이기 때문이다.

한빈은 잠시 아미백선 정소군을 바라봤다.

혈향미혼대법에 잠식당한 아미백선이 거짓을 말할 리는 없었다.

장운현을 아수라장으로 만들 무리가 이제 들이닥칠 것이 분명했다.

아니면, 미리 와 있을 수도 있고 말이다.

자리에서 일어나려던 한빈이 뭔가 기억난 듯, 아미백선을 바라봤다.

"참, 마지막으로 하나만 더 묻자."

"네, 물어보시지요. 주군."

"너희의 목적이 대체 뭐냐?"

이 정도의 질문이라면 금제를 피할 수 있을 것 같아서 던진 질문이었다.

아미백선이 바로 입을 열었다.

"조마필멸(蹧魔必滅) 위정필교(僞正必校)."

"조마필명이라고?"

"썩은 마교를 멸하고 거짓된 정의를 고치는 것은 하늘이 내린 임무……."

아미백선은 말끝을 흐리며 머리를 감싸 쥐었다.

한빈이 재빨리 그녀를 막았다.

"됐어, 거기까지."

"휴우."

아미백선이 다시 숨을 몰아쉬자, 한빈은 조용히 하늘을 올려다봤다.

썩은 마교를 멸하고 위선적인 정파를 고친다라?

속으로 아미백선이 하던 말을 되뇌던 한빈은 어이가 없다는 듯 웃었다.

"골 때리네."

진심이었다.

뭐, 맞는 말이긴 한데, 그것을 위해서 수많은 백성을 굶어 죽게 만들고 멀쩡한 가문을 파탄으로 몰아넣는다?

힘이 있다면 마음에 안 드는 놈부터 패면 될 것이었다.

전생을 돌아보면 정, 사, 마 모두가 자신이 하는 일에 대해서는 정당성을 가지고 있었다.

자신들의 이익 때문에 행동해 놓고는, 마치 하늘의 뜻인 것처럼 혓바닥을 놀려 댄다.

그들에게 이용당하지 않기 위해서는 딱 한 가지 방법밖에는 없었다.

누구보다 강해지는 것.

한빈은 조용히 자리에서 일어났다.

툭툭 옷을 턴 한빈은 품에서 깃발 하나를 꺼냈다.

한빈은 숲 밖으로 걸어 나가 깃발을 마을 입구에 꽂았다.

그러고는 다시 아미백선이 있는 곳으로 돌아왔다.

그 후 반 시진이 지나자 그림자 하나가 소리 없이 나타났다.

"공자님, 지시한 거 가지고 왔어요."

"잘했다. 용케 알아봤네."

"제가 원래 눈이 좋잖아요."

설화는 보따리를 한빈의 앞에 내려놨다.

한빈은 설화와 함께 아미백선을 처리했다.

물론 그녀의 목을 벤 것은 아니었다.

혈향미혼대법을 통해 한빈의 수족이 된 그녀를 굳이 지울 필요는 없었다.

그녀를 적의 심장 깊숙이 심어 놓는 것이 남는 장사였다.

한빈에게는, 구사일생의 수법이 될지도 모르는 도구를 얻은 것과도 같았다.

한빈은 아미백선의 기억을 지우는 동시에, 상처도 지워야 했다.

아무 일도 없다는 듯 아미백선과 자신 사이에 일어난 일을 지웠다.

옷에서부터 상처까지 처리해야 할 것이 많아 조금 번잡하긴 했지만, 한빈은 완벽하게 마무리하고 객잔으로 돌아왔다.

객잔으로 돌아와 조용히 자신의 방문을 연 한빈은 눈을 가늘게 떴다.

자신과 똑같이 붉은색 무복을 차려입은 이무명이 멍하니 창밖을 보고 있었기 때문이었다.

한빈이 다가가 이무명의 어깨를 살짝 두드렸다.

툭.

고개를 돌린 이무명의 눈이 커졌다.

"사부, 언제 오셨습니까?"

"지금 막 왔어. 별일 없었어?"

"별일이라기보다는 윤 표두님이 식량을 가져왔습니다."

"다행히 때맞춰 왔군."

"그런데 전쟁이라도 치르실 생각이십니까?"

"전쟁이라? 어찌 보면 그 말도 맞네."

"헉, 정말 전쟁이라고요?"

"뭐, 전쟁이라기보다는 수성(守城)이라고 해야 하나? 방패가 될 사람들이 있으니 그건 걱정 안 해도 돼."

"방패라니요? 지난번에 말씀하신 흑사문이요?"

"흑사문 말고 또 누가 있어?"

"아무리 봐도 뛰어난 자들 같지는 않은데, 저들이 어떻게 방패가 되죠?"

"다 방법이 있지."

"혹시 고기 방패요?"

이무명이 눈을 빛내며 묻자 한빈은 한숨을 내쉬었다.

"휴……. 왜 그렇게 생각한 거지?"

"그야 당연히……."

이무명은 한빈을 힐끔 보더니 말끝을 흐렸다.

한빈이 황당하다는 듯 말했다.

"뭔가 오해하는 것 같은데, 나 알고 보면 그렇게 나쁜 사람 아니다, 무명아."

"아."

이무명은 낮게 탄성을 터뜨렸다.

이상하게도 한빈의 말이 반대로 들렸기 때문이었다.

누구보다도 자상하며 누구보다도 올바른 길을 가는 것이 한빈이었다.

그런데 조금 다른 시선으로 보면, 한빈만큼 사악한 사람도 드물었다.

한빈이 나쁜 사람이 아니라고 손을 내젓는 것은, 마치 나쁜 일을 할 테니 기대하라고 예고하는 것처럼 들렸다.

이무명은 조용히 흑사문에서 온 무리를 바라봤다.

아무리 생각해도 한빈이 말한 방패의 의미를 찾을 수 없었다.

약하기만 하고 악행을 일삼는 무리를 어디에 쓴다는 말인가?

이무명은 자신도 모르게 한숨을 쉬었다.

"휴……."

그것도 잠시, 이무명은 잽싸게 입을 막았다.

한빈이 옆에 있다는 것을 잊은 채 저지른 실수였다.

하지만 한빈은 아무렇지도 않게 물었다.

"참, 윤 표두님이 다음 물건은 언제 보내온다고 했지?"

"윤 표두님이 다음 물품이 도착하는 날은 이틀 후라고 했습니다."

"이틀 후라……. 늦지는 않겠네."

한빈은 조용히 고개를 끄덕였다.

그때 다시 문이 열렸다.

당과를 양손에 들고 있는 설화였다.

설화를 본 한빈이 말했다.

"더 놀고 와도 된다니까."

"아니에요, 공자님. 어차피 돈이 다 떨어져서……."

설화가 말끝을 흐렸다.

그 모습에 한빈의 눈이 커졌다.

"설마, 내가 준 돈으로 다 당과를 사 먹은 거냐?"

"어쩌다 보니……."

설화가 고개를 돌렸다.

그 모습에 한빈이 피식 웃었다.

아무래도 원래의 삶에서는 한참 멀어진 것 같았다.

계약 기간이 지나도 살수의 세계로 돌아갈 수 있을까?

아무래도 다시 돌아갈 길은 점점 희미해지는 느낌이었다.

한빈은 이무명과 설화를 번갈아 보더니 슬쩍 입꼬리를 올렸다.

"자, 이제 새로운 초식을 배울 때가 됐다."

말을 마친 한빈은 손뼉을 치며 시선을 모았다.

이무명이 고개를 길게 빼며 한 걸음 다가섰다.

"사부, 대체 어쩐 초식을 가르쳐 주시려고요?"

"음, 그러니까······."

한빈이 말끝을 흐리자 이무명이 한 걸음 더 다가서며 재촉했다.

"빨리 말씀해 주십시오, 사부."

"비밀이야."

한빈이 어깨를 으쓱하자 이무명은 입을 딱 벌렸다.

가르쳐 주기로 한 초식이 비밀이라니?

호기심을 주체하지 못한 이무명이 다시 물었다.

"혹시 검법입니까?"

"아니, 검법은 아니고 권장법(拳掌法)에 가깝지."

"아! 그럼 저희에게 박투술을 가르쳐 주시려고요?"

이무명은 자신의 손을 바라보더니 시선을 한빈에게 옮겼다.

그러고는 기대감 가득한 눈빛으로 한빈을 바라봤다.

한빈은 이무명의 눈빛에도 아랑곳하지 않고 팔짱을 끼고 잠시 생각에 잠겼다.

파혼검이야 강호에 알려진 초식이 아니었기 때문에 쉽게 입에 올릴 수 있었다.

하지만, 무영보와 무영수는 달랐다.

무영보와 무영수가 공공문의 초식이라는 것을 모르는 강호인은 없었다.

    그렇다고 무영보를 보고 저게 공공문의 초식이구나 하는 강호인도 없었다.

    그 이유는 무영보와 무영수를 본 사람이 드물기 때문이었다.

    도둑이 자신의 수법을 드러내는 것은 도둑질에 실패할 경우를 제외하고는 없었다.

    공공문이 도둑질에 실패할 경우는 극히 드물었다.

    일단 공공문과의 연관된 끈을 잘라 내는 것이 맞았다.

    한빈은 무영수란 이름을 바꾸기로 했다.

    바꾸기로 결심은 했지만, 좀처럼 어울리는 초식명이 생각나지 않았다.

    그때 설화가 고개를 갸웃하며 물었다.

    "지난번에 가르쳐 주신 게 파혼검이니, 이번에는 파혼장인가요, 공자님?"

    한빈이 눈매를 좁히며 설화를 바라봤다.

    그 눈빛에 설화가 슬금슬금 뒤로 물러나더니 고개를 돌렸다.

    마치 질책을 당할 것을 예상하고 피하는 것 같았다.

    하지만, 한빈은 입가에 호선을 그리며 말했다.

    "오호, 그거 좋은 이름인데!"

    앞으로 무림을 뒤흔들 무영수가 파혼장으로 이름이 바뀌는 순간이었다.

한빈이 막 말을 마쳤을 때였다.

허공에 뜬 비급이 희미하게 반짝였다.

한빈이 눈을 빛내자 새로운 글귀가 나타났다.

[진룡무영수의 이름이 변경되었습니다. 새로운 이름은 진룡파혼장입니다.]

한빈은 헛웃음을 지었다.

한빈이 초식명을 결정하자마자 비급에도 반영된다니!

왠지 비급의 활용에 대해서 조금 더 생각해 봐야 할 것 같았다.

✧

이틀 후 객잔.

한빈은 오후가 되자 천리 표국에서 온 마차 스무 대를 맞이했다.

윤 표두와 짐꾼들은 능숙한 솜씨로 짐을 울타리 안에 쌓기 시작했다.

얼마 지나지 않아 울타리 안쪽에는 수백 개의 나무통이 일정한 간격으로 쌓였다.

나무통은 밀봉에 얼마나 신경을 썼는지, 나무의 틈에 돼지

기름을 뿌리고, 그 위에 기름종이를 덧대 놓았다.

설화가 나무통 주변을 어슬렁거리며 입맛을 다셨다.

마치 저 안에 꿀이라도 들어 있다고 착각하는 것 같았다.

한빈은 그런 설화를 잡아끌었다.

"설화야."

"네, 공자님."

"눈독 들이지 말아라. 나중에 후회한다."

"네? 그게 무슨 말씀이세요?"

"그건 비밀이다."

한빈이 뜻 모를 미소를 지은 채 돌아서자, 설화는 멍하니 나무통을 바라봤다.

설화가 이렇게 나무통에 집착하는 이유는 무엇일까?

그것은 묘하게 기름 냄새에 섞여 달콤한 향기가 흘러나왔기 때문이다.

그때 설화를 향해 정체불명의 물체가 파공성을 내며 날아왔다.

슝!

그 소리에 설화가 재빨리 돌아서 물체를 낚아챘다.

팍.

설화는 손에 든 물건을 보며 눈을 크게 떴다.

그것은 다름 아닌 전낭이었다.

슬쩍 흔들어 보니 제법 묵직했다.

설화는 조용히 전낭이 날아온 쪽을 바라봤다.

그곳에서는 한빈이 손짓하고 있었다.

한빈이 주는 용돈이었다.

설화는 전낭을 들고 울타리 쪽으로 걸어갔다.

울타리 안에서는 적혈맹호대의 대원들이 쉬고 있다.

휴식을 취하라는 한빈의 지시 때문이었다.

뭐, 땀을 뻘뻘 흘리며 일하는 이도 있었다.

그것은 의원인 장자명.

장자명과 그 옆의 검오는 구슬땀을 흘리며 약을 달이고 있었다.

저 약을 어디에 쓰는지 아는 이는 이 객잔 안에 아무도 없었다.

오직 한빈과 장자명만이 알고 있을 뿐이었다.

모든 것이 평화롭기만 한 객잔의 앞마당.

설화는 이런 평화로운 광경을 보는 것이 얼마 만인지 몰랐다.

울타리 밖으로 나가려는 설화를 본 조호가 달려왔다.

"설화야."

"네, 조호 오라버니."

"혹시 당과 사러 나가는 것이냐?"

"네, 맞아요."

"그럼 이거 보태서 더 사 먹거라."

말을 마친 조호는 설화에게 철전 한 닢은 던졌다.

휙!

설화는 날아오는 철전을 아무렇지 않게 잡아 전낭 속에 넣었다.

"설화야!"

이번에 부른 것은 장삼이었다.

설화가 고개를 갸웃하며 물었다.

"왜요, 장삼 아저씨?"

"이것도 보태서 사 먹어라."

장삼이 설화에게 철전을 던졌다.

내공이 실린 철전은 파공성을 내며 설화를 향해 날아갔다.

슝!

무섭게 날아오는 기세와는 다르게, 설화는 아무렇지도 않게 철전을 낚아챘다.

전낭 속에 장삼이 준 철전을 넣은 설화가 고개를 꾸벅 숙이며 말했다.

"고마워요, 장삼 오라버니."

"흐흐, 오라버니라……. 설화 때문에 한 십 년은 젊어진 것 같구나. 고맙다, 설화야."

기분 좋게 웃는 장삼의 옆구리를 조호가 찔렀다.

푹.

장삼이 인상을 찌푸리며 조호를 바라봤다.

"왜 그러냐? 조호."

"아저씨, 양심 좀 있어 봐요. 십 년이 아니라 이십 년은 젊어져야 설화한테 오라버니 소리를 들어도 어색하지 않죠."

"하하, 그런가?"

장삼이 머리를 긁적이며 웃자 조호도 마주 웃었다.

그때부터 적혈맹호대 대원들은 설화에게 철전을 주기 위해 줄을 서기 시작했다.

누군가가 속삭이듯 말했다.

"그런데 어떻게 받은 거지? 저 속도와 저 방향이라면 나도 받기 힘들 텐데……."

"맞아, 혹시 천수장에 들어오기 전에 경극단에서 곡예를 하다 온 거 아니야?"

"에이, 설마."

"그건 그렇고, 저 정도면 무공을 가르쳐도 금방 성취를 보이겠는데."

"그럼 자네가 제자로 삼지 그래?"

"일단 아저씨란 호칭에서부터 벗어나고 보자고."

말을 마친 대원은 오른손으로 철전을 만지작거렸다.

이런 현상이 벌어진 것은 얼마 그리 오래되지 않았다.

이것은 철전을 낚아채는 설화의 모습이 신기해서 시작된 일이었다.

거기에 더해 설화가 대원들을 부르는 호칭도 한몫 거들었다.

설화가 적혈맹호대 대원들을 부르는 호칭은 딱 두 가지였다.

오라버니와 아저씨.

그 구분은 간단했다.

용돈을 주면 오라버니요, 용돈을 안 주면 아저씨였다.

그런 이유로 나이가 가장 많은 장삼도 설화에게 용돈을 주면 오라버니 대우를 받는 것이었다.

장삼이 설화에게 용돈을 주는 순간, 나머지 대원들에게 선택의 여지는 없었다.

설화에게 아저씨 소리를 듣지 않으려면 철전을 바쳐야 했다.

전낭에 철전을 두둑이 채운 설화는 기분 좋게 울타리 밖으로 나가려 했다.

그때였다.

멀리서 누군가가 먼지를 일으키며 달려오고 있었다.

타다닥.

설화는 자신도 모르게 눈매를 좁혔다.

먼지를 일으킨 주인공은 두 명이었다.

그들이 가까이 오자 설화는 고개를 갸웃했다.

둘의 정체는 다름 아닌 심미호와 서재오.

둘 다 한빈의 부탁으로 장운현을 조사하는 중이었다.

물론 둘이 맡은 임무는 다르다고 알고 있었다.

그런데 둘이 동시에 이렇게 달려온다는 것은, 심상치 않은 일이 생겼다는 것을 뜻했다.

설화는 그들을 기다렸다.

먼지를 내며 달려오던 심미호와 서재오가 설화의 앞에 멈췄다.

탁.

먼저 입을 연 것은 서재오였다.

"설화야, 일단 안으로 들어가라."

"저 당과 사러……."

"이제 울타리 밖으로 나가서는 안 된다."

"무슨 일이에요, 화산파 아저씨?"

"일단 들어가자. 자세한 이야기는 사 공자와 함께 나눠야겠구나."

"아."

설화가 낮은 탄성을 흘리며 몸을 돌렸다.

하지만, 고개는 여전히 울타리 너머를 바라보고 있었다.

설화가 좋아하는 당과를 파는 가게가 있는 방향이었다.

잠시 후.

한빈과 적혈맹호대 대원은 심각한 표정으로 객잔의 일 층에 모였다.

한빈의 지시로 모두가 한곳에 모이자, 심미호가 앞으로 나섰다.

심미호의 앞에는 커다란 지도가 놓여 있었다.

자세하지는 않지만, 장운현의 대략적인 약도였다.

심미호는 지도의 한 곳을 가리키며 입을 열었다.

"지금 이곳에서부터 역병이 번지고 있습니다."

"그곳이면……."

한빈이 말끝을 흐리며 기억을 더듬자, 심미호가 재빨리 말을 이었다.

"장운현에서 식수로 쓰는 냇물이 있는 곳입니다. 마을 사람들은 성내천이라고 하죠."

"역병이 번지는 속도는?"

"성내천을 따라 눈 깜짝할 사이에 번지고 있습니다. 현재 관군이 마을 입구를 막고 있는 상태고요."

심미호의 설명에 적혈맹호대 대원들이 웅성대기 시작했다.

그중에 조호의 목소리가 가장 컸다.

"그럼 우리는 어떻게 되는 거지? 이러다가 장가도 못 가고……."

"이놈아, 왜 재수 없는 소리를 하고 그래!"

"장삼 아저씨, 역병이라잖아요. 역병에는 무공도 무용지물

인데, 어떻게 해요. 관군이 마을 입구를 막고 있으면 이제 옴짝달싹 못 한다는 건데…….”

“주군이 알아서 준비하셨겠지. 그렇지 않습니까?”

장삼은 조용히 한빈을 바라봤다.

동시에 모두의 시선이 한빈에게 꽂혔다.

따갑다기보다는 뜨거운 시선.

한빈은 그들의 눈빛을 웃음으로 받았다.

“걱정 안 해도 된다.”

한빈이 웃으며 손을 내젓자, 여기저기서 한숨 소리가 들렸다.

“휴…….”

“다행이야.”

그 모습에 심미호가 고개를 갸웃하며 물었다.

“주군, 어떤 대책인지 여쭤봐도 될까요?”

“잠잠해질 때까지 기다리는 거지.”

“그게 방법이라고요?”

“미리 식량 다 받아 놨잖아.”

“그럼 이 사태를 미리 다 아시고…….”

“내가 그걸 알 리는 없지.”

“식량은 식량이라고 치고, 식수는 어떻게 합니까?”

“식수는 걱정 안 해도 돼. 객잔 아래로 지하수가 흐르잖아. 그리고 오늘을 위해서 장 의원님이 해약을 만들어 놨으니,

걱정 안 해도 돼."

이번에는 시선이 장자명에게 모였다.

"해약이요?"

"역병에 해약이 무슨 소용이지?"

장자명을 바라보고 있는 적혈맹호대 대원들의 웅성거림이 점점 커졌다.

부담스러운 시선에 장자명은 황급히 고개를 돌렸다.

시선을 돌렸지만, 대원들은 어느새 장자명의 앞에서 눈을 빛내고 있었다.

장자명은 할 수 없이 멋쩍게 웃었다.

한빈이 만들라고 해서 만들긴 했는데, 어디에 쓰일지도 모르는 해약이었다.

멋쩍게 웃는 장자명을 대신해서 한빈이 한 걸음 앞으로 나섰다.

"지금 역병에 걸렸다는 사람들은 대부분 중독된 것이다. 성내천을 중심으로 역병이 번진다는 얘기는……."

한빈은 설명을 이어 나갔다.

모는 눈에 힘을 주며 한빈의 설명을 들었다.

한빈의 설명은 간단했다.

정체불명의 집단이 식수와 곡식에 독을 풀었다는 것이었다.

설명을 듣던 조호는 조용히 고개를 숙였다.

주군인 한빈은 이 모든 사태를 알고도 장운현에 들어왔다는 것이었다.

차라리 적이 무력 집단이라면 그나마 한숨 돌릴 수 있었다.

그런데 그들 앞에 나타난 진짜 적은 역병이라는 무시무시한 놈이었다.

역병이 발생하면, 황실은 피도 눈물도 없이 냉정하게 상황을 수습하기 마련이었다.

과연 이곳에서 살아 나갈 수 있을까?

왜 이렇게 위험한 곳에 온 것일까?

조호는 한빈의 선택이 괜히 원망스러웠다.

그는 순간, 고개를 번쩍 들고 한빈을 바라봤다.

조호는 자신도 모르게 손을 들고 말했다.

"질문이 있습니다, 주군."

"무엇이 궁금한 것이냐?"

"그렇게 조심했는데도 중독이 되면 어떻게 합니까?"

"좋은 질문이다, 조호. 그래서 준비한 것이 있다."

말을 마친 한빈은 손가락을 튕겼다.

딱.

그 소리에 맞춰 설화가 보따리를 들고 왔다.

설화는 모두가 보는 앞에서 보따리를 풀었다.

보따리에는 묘하게 생긴 환약이 자리 잡고 있었다.

조호가 고개를 갸웃하며 물었다.

"저게 무엇입니까? 주군."

"특제 해독약이다."

말을 마친 한빈은 품 안에서 장신구 하나를 꺼냈다.

그 장신구는 객잔에 들어서며 적혈맹호대 대원들에게 나눠 준 것이었다.

한빈은 장신구를 모두에게 보여 주고는, 좁쌀만큼 튀어나온 부분을 열었다.

순간 장신구의 앞부분이 열렸다.

찰칵.

장신구가 열리자 한빈은 설화에게 손을 내밀었다.

설화는 바로 한빈에게 환약을 건넸다.

"여기요, 공자님."

"고맙다, 설화야."

말을 마친 한빈은 환약을 장신구의 빈 곳에 넣었다.

그리고 장신구의 뚜껑을 다시 닫았다.

찰컥.

소리를 내며 뚜껑이 닫힌 장신구의 겉모습은 흔한 목걸이와 다른 점이 없었다.

한빈은 그 장신구를 힘껏 자신의 팔뚝에 내려쳤다.

픽!

순간 기묘한 소리가 들렸다.

그 모습에 여기저기서 비명이 튀어나왔다.

"앗, 주군!"

"지금 뭐 하시는 겁니까?"

모두의 아우성을 뒤로한 채 한빈이 말을 이었다.

"모두 잘 봐라."

한빈은 목걸이를 팔뚝에서 떼어 냈다.

동시에 한빈의 팔뚝에서 얇은 바늘이 나왔다.

바늘이 나온 곳에서는 미세하게 피가 흘러내렸다.

그 모습에 모두는 겁에 질려 목에 걸고 있는 목걸이를 풀어 놓았다.

목걸이에서 바늘이 나오다니!

그들의 입장에서는 목걸이가 아닌, 암기 혹은 자살 도구로 보였던 것이다.

모두의 표정을 본 한빈이 그럴 줄 알았다는 표정으로 설명을 시작했다.

"이것은 비상시에 쓸 수 있는 특제 해독약이다. 그러니까······."

한빈의 설명에 모두는 손에 쥔 목걸이를 바라봤다.

지금의 역병은 북방에서 가져온 독초를 희석해 곡식과 식수에 풀었기 때문에 나타난 것이었다.

물론 허혈초라는 구체적인 이름은 언급하지 않았다.

독초로 만든 독약을 희석하지 않고 그대로 쓴다면?

중독되는 순간 발끝과 손끝이 마비되며 썩어 들어갈 것이다.

한빈이 증상에 대해 설명해 주자, 모두 치를 떨었다.

조호가 장삼의 귀에 속삭였다.

"진짜 썩어 들어간다고요? 장삼 아저씨, 지금 주군이 그렇게 말한 거죠?"

"나도 그렇게 들었다, 조호야."

"아, 쓰벌! 이제 이렇게 죽는 거야?"

조호가 비명을 질렀다.

물론 나머지 대원의 반응도 비슷했다.

말만 들어도 참혹한 광경이 그들의 눈에 선했다.

그렇게 죽은 사람들은 역병으로 죽은 사람들과 똑같은 모습일 것이고 말이다.

그들의 표정을 본 한빈이 말을 이었다.

"그런 이유로……."

해결 방법은 간단했다.

먹는 해약으로는 해결할 수 없다.

허혈초의 독성이 퍼지는 속도보다 더 빨리 혈맥 깊숙이 해약을 퍼지게 만들어야 했다.

그것을 위해 만든 것이 바로 이 목걸이였다.

설명을 듣던 조호는 자신도 모르게 마른침을 삼켰다.

조호는 이번 임무가 생애 마지막 임무일 수도 있다는 생각이 들었다.

그는 조용히 자신이 들고 있는 목걸이를 바라봤다.

목걸이의 사용법은 간단했다.

목걸이의 아랫부분을 힘껏 내려치면 바늘이 나온다.

그 바늘을 타고 해약이 흘러들게 만든 것이었다.

조호는 목걸이를 다시 목에 걸고 뚜껑을 연 후, 환약을 집어넣었다.

한빈이 얘기한 독약에 중독된다면 이 목걸이가 생명 줄이 될 것이 분명했다.

그런데 이상하게 한기가 도는 것은 왜일까?

게다가 혈맥에 직접 바늘을 찔러 넣는다는 발상 자체가 희한했다.

먹는 해독약은 흔하지만, 이렇게 혈맥에 직접 찔러 넣는 경우는 처음이었기 때문이다.

한빈이 모든 설명을 마치자, 적혈맹호대 대원들은 아무 말 없이 서로를 바라봤다.

목걸이를 만지작거리며 서로를 바라보던 대원들의 목울대가 꿀렁였다.

그때 조호가 고개를 갸웃하며 손을 번쩍 들었다.

"주군, 그런데 해약은 뭘로 만든 겁니까?"

"지금 상황에서 아주 적절한 질문이다, 조호."

"……."

모두는 말없이 한빈의 입술만을 바라보며 다음 말을 기다렸다.

한빈은 그들의 모습이 재미있다는 듯 말을 이었다.

"그건 당연히 비밀이다. 하지만 천금을 주고도 못 살 재료이니, 소중히 여겨라."

한빈의 말에 모두는 목걸이를 움켜잡았다.

한빈의 설명을 듣던 장자명은 조용히 고개를 돌렸다.

장자명이 보기에 한빈의 마지막 말은 반 정도만 진실이었다.

해약은 천수장에서 재배한 무를 재료로 만든 것이다.

극양지기를 흡수한 노란색 무에 몇 가지 약초를 넣어 농축한 것이었다.

허혈초는 음기로 몸을 잠식하는 독약.

천수장에서 극양지기를 흡수하며 자라는 무와는 상극이었다.

이 해약은 극음과 극양이 만나 자연스레 독이 중화되는 원리로 만들어진 것이다.

흔하디흔한 것이 천수장의 무였다.

극양지기를 한계까지 흡수하면 뽑고 다시 심고를 반복했던 것이 몇 번이던가?

창고에 쌓인 것이 무였다.

창고에 쌓인 무 중 반은 이곳 객잔으로 가지고 왔고 말이다.

그런데 천금을 주고도 못 산다라?

뭐, 한빈이 팔지 않으면 살 수 없으니 맞는 말이긴 한데, 장자명은 뭔가 속는 듯한 느낌을 지울 수 없었다.

그렇다고 천수장의 무가 효험이 없는 것은 아니었다.

천년하수오 정도는 안 되어도, 백년하수오 정도의 영기를 품고 있었다.

그러니 한빈의 설명은 반 정도는 들어맞는 것이었다.

장자명은 힐끔 옆을 바라봤다.

그곳에는 자신과 며칠 밤을 지새운 검오가 꾸벅꾸벅 졸고 있었다.

장자명은 새로 들어온 검오의 체력이 약해서 걱정이 되었다.

'저렇게 체력이 약해서야……'

검오를 걱정하던 장자명은 고개를 갸웃했다.

생각해 보니 자신이 이렇게 체력이 좋았던가?

아무리 생각해도 아니었다.

한빈의 지시로 매일 밤을 새운 것을 생각하면, 골병이 들어 빌빌거려야 정상이었다.

'왜 이리 팔팔하지?'

장자명은 자신이 만든 환약을 바라봤다.

혹시?

아무래도 이렇게 몸이 멀쩡한 이유가 극양지기를 담은 무와 관계있는 것 같았다.

장자명은 자신도 모르게 한빈을 바라봤다.

장자명은 한빈을 보며 무심코 혼잣말을 뱉었다.

"뭔가 있어……. 혹시 신의의 진전을 이어받기라도 한 것
인가?"

그때 옆에서 서재오가 물었다.

"있긴 뭐가 있습니까? 그리고 신의라니, 그게 무슨 말씀입
니까, 장 의원?"

"아, 서 대협, 아무것도 아닙니다. 며칠 동안 잠을 못 잤더
니 아무래도 힘들어서요. 그래도 대협이 옆에 계시니 든든합
니다."

"그…… 죄송합니다, 계속 같이 있어 줄 수는 없을 것 같습
니다."

"그게 무슨 말씀이신지요?"

"장 의원님만 알고 계십시오. 저는 이제 여기서 튈 생각입
니다. 매화 패도 중요하지만, 목숨보다 중요한 게 또 어디 있
습니까?"

"아, 튀신다고요?"

"목소리가 너무 크십니다."

"저도 같이 데려가시면……."

"나중에 상황 봐서 다시 오겠습니다. 지금은 같이 가기 너
무 위험합니다."

"아, 알겠습니다."

장자명은 힘없이 고개를 끄덕였다.

장자명과 서재오가 귓속말을 주고받을 때, 설명을 끝낸 한빈이 손뼉을 쳐 시선을 모았다.

짝!

시선을 모은 한빈이 말했다.

"적혈맹호대의 임무는 하북팽가에서 관리하는 상인들을 보호하는 것이다. 어떤 일이 있어도 우리 사람만은 지킨다. 지금부터 맡은 구역의 상인에게 소식을 전한다."

말을 마친 한빈이 손가락을 튕겼다.

딱!

그 소리에 맞춰 소대섭과 심미호가 적혈맹호대 대원들에게 서찰과 꾸러미를 나눠 줬다.

그것들을 받은 적혈맹호대 대원들은 자신이 맡은 구역을 확인했다.

이제 모두가 임무를 위해 빠져나가자, 실내에는 몇몇만 남았다.

서재오는 조용히 장자명을 바라보며 눈짓했다.

이별의 인사를 건네는 것이다.

장자명도 아쉬움에 고개를 끄덕였다.

서로가 눈인사를 주고받을 때였다.

한빈이 팔짱을 끼고 둘을 바라봤다.

한빈의 시선을 느낀 서재오가 뜨끔한 표정으로 고개를 돌렸다.

"아, 팽 공자. 할 얘기라도……?"

말끝을 흐리는 서재오를 본 한빈이 사람 좋은 얼굴을 하며 웃었다.

"부탁드릴 것이 있어서요, 대협."

한빈의 목소리는 평소와는 다르게 호의가 듬뿍 담겨 있었다.

의심 가득한 눈으로 눈치를 살피던 서재오가 물었다.

"부탁이라니? 혹시 역병에 대해 알아보라는 거라면 사양하겠네, 팽 공자."

서재오는 단호하게 고개를 흔들었다.

한빈이 이 역병은 진짜 전염병이 아닌, 중독이 되어서 일어난 현상이라고 설명해 줬지만, 서재오는 믿을 수 없었다.

이곳으로 돌아오면서 본 광경은 소문으로 듣던 역병과 한 치의 오차도 없었기 때문이다.

열이 올라서 괴로워하는 사람들과 여기저기 붉은 반점이 생기는 현상은 분명히 역병이었다.

서재오는 일단 이곳을 빠져나갔다가, 나중에 매화 패를 찾으러 오기로 결심했다.

만금 전장의 외동아들이자 화산파의 매화검수인 서재오가 떠맡기에는 너무 위험한 일이었다.

한마디로 서재오의 입장에서는 잃을 것이 너무 많은 상황이었다.

거기에 이제까지 한빈은 서재오가 가는 것을 말린 적은 없었다.

서재오 스스로 매화 패를 찾기 위해 이곳에 인질처럼 남아 있었을 뿐.

표정을 굳힌 서재오를 본 한빈이 손을 내저었다.

"서 대협, 위험한 임무는 아닙니다."

"그럼 대체 어떤 일을 부탁한다는 것인가, 팽 공자?"

"마을 밖으로 빠져나가기 전에 이것만 전해 주시면 됩니다."

"내가 마을을 빠져나간다니 그런 일은……."

"아까 장 의원과 하는 말씀 다 들었습니다. 매화검수인 서 대협이 이곳에서 위험을 무릅쓸 필요가 있겠습니까? 가시는 길에 이곳을 봉쇄하고 있는 책임자에게 이 주머니를 전해 주십시오."

"그 정도의 일이라면 내가 들어줄 수 있지, 험."

서재오는 선심 쓴다는 듯 고개를 끄덕이다가 헛기침을 했다.

"그럼 부탁드립니다."

"걱정하지 말게. 상황이 좋아지면 나중에 보세. 그리고 이건 필요 없을 것 같다네."

서재오는 자신의 목에서 목걸이를 풀어 한빈에게 건넸다.

특제 해약이 들어 있는 목걸이였다.

한빈이 손을 내저었다.

"혹시라도 마을 밖에서 당할 수도 있는 문제 아닙니까? 넣어 두시지요."

"음, 그럼 알겠네."

말을 마친 서재오는 황급히 객잔을 빠져나갔다.

휘리릭.

얼마나 빠른지 바람에 흩어지는 구름처럼 신형을 남기지 않았다.

객잔을 빠져나간 서재오는 텅 빈 저잣거리를 가로질렀다.

며칠 전까지만 해도 바글거리던 거리에 그림자 하나 찾아볼 수 없자 서재오는 혀를 찼다.

"쯧, 역병이 분명해. 나 혼자만 빠져나가자니 미안하긴 한데 어쩔 수 없지……."

서재오는 더욱 속도를 높였다.

얼마나 갔을까. 내공이 바닥날 때쯤, 마을 입구가 보였다.

그곳에는 관군들이 임시 초소를 만들어 놓고 마을을 빠져나가려는 사람을 막고 있었다.

역병에 대비하려는 듯, 관군은 모두 천으로 얼굴을 가리고 있었다.

서재오는 그들 중 상관으로 보이는 사람을 찾기 시작했다.

한빈이 부탁한 가죽 주머니를 전달하기 위해서였다.

서재오가 주변을 두리번거릴 때였다.

초소 뒤 막사에서 누군가가 나왔다.

그는 서재오를 보더니 메마른 목소리로 외쳤다.

"사질 아닌가!"

"사질?"

깜짝 놀란 서재오가 눈매를 좁혔다.

그 모습에 목소리의 주인공이 얼굴을 가렸던 천을 내렸다.

순간 서재오의 눈이 커졌다.

그는 다름 아닌 강유찬.

금의위 수장이었다.

순식간에 서재오의 앞까지 온 강유찬이 물었다.

"여긴 무슨 일인가?"

"팽가의 사 공자가 이곳의 수장에게 전해 드리라 한 물건이 있어 왔습니다."

"음, 진짜로 보냈나 보군."

"네? 그게 무슨 말씀이신지……."

서재오의 말이 끝나기도 전에 강유찬이 기다렸다는 듯 손을 내밀었다.

"일단 줘 보게."

"여기 있습니다."

서재오가 재빨리 가죽 주머니를 건네자, 받아 든 강유찬은 가죽 주머니 속 적혈석을 꺼내 확인했다.

얼굴을 가까이 대고 적혈석을 세세히 확인하던 강유찬이 말했다.

"음, 진짜 만마 패(萬馬牌)가 맞군."

"만마 패라고요?"

서재오가 고개를 갸웃하며 묻자 강유찬이 기분 좋게 입을 열었다.

"이건 만마 패라 부르는 물건일세. 이걸 이리 쉽게 사용하다니, 팽가의 사 공자는 충신임이 분명해, 허허."

강유찬이 들뜬 표정으로 적혈석을 바라보자, 서재오가 도저히 믿기지 않는다는 듯 물었다.

"그리 나쁜 친구는 아니지만, 어떻게 사 공자가 충신일 수 있습니까?"

"이 만마 패에 대해서 들어봤나?"

"제 지식이 미천해, 만마 패에 대해서는 들어 본 적이 없습니다."

"만마 패는 만 마리의 말을 사용할 수 있도록 황실이 내린 권력이네. 즉 만 명의 군사를 쓸 수 있다는 말이지. 그것도 기병으로 말일세."

"어찌 팽가의 사 공자에게 그런 권력이 있단 말입니까?"

"자네도 봤지 않나? 그때 내가 이 만마 패를 전하던 모습을 말이네."

"아."

"더욱 놀라운 것은 이 만마 패가 일회성이라는 점이네. 만 명의 군사라면 한 가문을 구하고도 남을 힘. 그런데 팽가의 사 공자는 그 힘을 나라를 위해서 쓴 것이지."

말을 마친 강유찬은 부관을 불러 만마 패를 전하고는 지시를 내렸다.

"하북성의 모든 군사를 동원해 주게. 이곳 입구만이 아니라 주변 모두를 철저히 봉쇄하도록!"

"명 받들겠습니다."

분주히 움직이는 군사들을 본 서재오가 입을 벌렸다.

"헉."

그때 강유찬이 물었다.

"자네는 어찌할 텐가?"

순간 서재오의 이마에 땀방울이 맺혔다.

서재오가 당황하는 것은 당연했다.

그는 지금 상황이 잘못 돌아가고 있다고 생각했다.

묘하게 등골을 스치는 불길한 느낌에 뭐라 답해야 할지 몰랐다.

그는 자신도 모르게 시선을 돌렸다.

하지만, 강유찬의 따가운 눈빛은 아직까지 느껴졌다.

힐끔 눈을 돌리자마자 강유찬과 시선이 마주쳤다.

강유찬의 눈빛을 보면 '자네도 당연히 여기 남아야지.' 하며 독려하는 모습이다.

　역병과 사숙, 둘 중 누가 무서울까?

　저울의 추가 사숙 쪽으로 기우는 건 당연했다.

　하지만, 앞으로 사람이 죽어 나갈 장운현에 머무는 것은 아무리 봐도 무리였다.

　서재오가 할 말을 잃고 멍하니 있을 때, 강유찬이 가죽 주머니를 다시 들여다봤다.

　"흠, 안에 쪽지가 들어 있군."

　"네? 쪽지요?"

　서재오가 살짝 놀란 표정으로 묻자 강유찬이 쪽지를 펼치며 말했다.

　"아무래도 팽가의 사 공자가 보낸 것 같군."

　"무슨 내용입니까?"

　"……."

　서재오의 물음에도 강유찬은 아무 말 없이 쪽지를 읽어 나갔다.

　서재오는 나름 안심하며 강유찬을 바라봤다.

　강유찬의 표정이 점점 부드러워지고 있었기 때문이다.

　그러던 중, 쪽지를 확인하던 강유찬의 시선이 갑자기 서재오에게 꽂혔다.

　강유찬의 심상치 않은 눈빛에 서재오가 다시 물었다.

"무슨 일입니까? 사숙."

"자네의 우국충정, 받아들이겠네."

"그게 무슨 말씀입니까?"

"팽 공자가 자네에 대해 여기에 적었다네."

"저에 대해서 적었다니요?"

"자네는 나라를 위해 여기에 남고 싶어 했다지? 그것이 화산파의 명예를 지키는 일이라고도 했다는데……."

"아, 그러니까……. 그건."

서재오가 말을 더듬자 강유찬이 눈을 부릅뜨며 물었다.

"그럼 혹시, 팽 공자가 한 말이 거짓인가?"

순간 서재오의 눈이 멍해졌다.

역시 불길한 예감은 한 번도 틀린 적이 없었다.

불안감이 현실이 되자, 말로만 듣던 주마등이 서재오의 눈앞에 펼쳐졌다.

세상에 태어날 때부터, 화산파에 입문해서 매화검수가 될 때까지의 장면이 한 장 한 장 그림이 되어 눈앞에 스쳐 지나갔다.

거기에 하북팽가와의 악연까지…….

한빈을 떠올리자 스쳐 가던 주마등이 멈췄다.

그러고는 웃고 있는 한빈의 모습이 눈앞에 떠올랐다.

'언제는 편안히 가라더니만! 드러운 놈.'

이것은 완벽한 함정이었다.

자신을 이번 일에 갈아 넣으려는 한빈의 수작이 분명했다.

빠득!

이를 갈았지만, 화산파의 명예까지 나온 이상 서재오는 할 말이 없었다.

서재오는 어색하게 웃으며 고개를 끄덕였다.

"아, 사숙. 제가 그런 말을 한 것은 맞습니다."

강유찬의 꿈틀대던 눈썹이 제자리를 찾았다.

"역시 그랬군. 팽 공자는 이곳이 위험하다고 자네에게 피하라 했다는데, 그것도 맞나?"

"네, 맞습니다."

"그렇게 말리는데도 여기에 남아 있겠다니! 역시 우리 화산파의 매화검수답군. 팽 공자와 함께 있더니 그에게 충심을 배운 것인가?"

"뭐, 그게……."

서재오는 말끝을 흐렸다.

충심은 무슨 충심이란 말인가?

뭐, 배운 게 아예 없는 것은 아니었다.

옆에 있으면서 계약서 쓰는 수법은 배우긴 했다.

어물쩍거리는 서재오를 본 강유찬은 흡족한 표정으로 말했다.

"문파의 어르신께 자네의 선행을 보고하겠네."

"가, 감사합니다, 사숙."

서재오는 반사적으로 포권을 했다.

하지만, 이걸 좋아해야 하나 말아야 하나 갈피를 잡지 못했다.

그 모습에 강유찬은 더욱 진득한 미소를 지었다.

"그럼 수고해 주게. 황실과 화산파는 자네를 기억하겠네."

말을 마친 강유찬은 서재오의 어깨를 가볍게 토닥였다.

순간 서재오는 고개를 갸웃했다.

마치 멀리 떠나보내는 듯한 인사였다.

한번 건너면 돌아오지 못하는 삼도천(三途川)을 건너는 기분이었다.

생각이 여기까지 미치자 서재오는 흠칫 어깨를 떨었다.

동시에 알 수 없는 한기가 등골을 타고 올라왔다.

'아, 팽한빈!'

서재오는 속으로 이 모든 원흉의 이름을 외쳤다.

그냥 당한 것이 아니고, 승부에서 진 듯한 느낌은 왜 드는 걸까?

이런 게 강호일까?

그렇다면 자신은 우물 안의 개구리에 불과했다는 것일까?

서재오는 자신을 향해 수많은 질문을 쏟아 내었다.

꼬리에 꼬리를 무는 질문.

서재오는 자신도 모르게 눈을 감았다.

어두컴컴한 공간 속에 수많은 질문이 눈앞에 맴돌았다.

그러던 중 빛이 한 줄기 내려왔다.

서재오는 그것이 바로 깨달음의 끝자락이라는 것을 알 수 있었다.

지금의 경지를 넘어설 단서인지.

아니면 도인으로서 추구해야 할 득도의 단서인지는 몰라도.

저 빛줄기를 잡으면 해답이 보일 것 같았다.

그때였다.

뒤에서 싸늘한 바람이 불어왔다.

획!

이번에는 묘하게 진짜 한기가 들었다.

서재오는 자신도 모르게 눈을 떴다.

순간 눈앞에서 일렁이는 빛줄기가 사라졌다.

이어서 서재오의 귓가에 풀 밟는 소리가 들려왔다.

동시에 그의 시야에 길게 드리워진 그림자가 나타났다.

서재오는 자신도 모르게 고개를 돌렸다.

그곳에는 그림자의 주인이 웃고 있었다.

낯이 익은 얼굴에 반가움도 잠시.

서재오는 억울한 표정으로 외쳤다.

"무제자 어르신! 하필이면 지금 오셨습니까?"

지금 눈앞에 있는 사람은 홍칠개였다.

"마치 깨달음이라도 놓친 표정이군."

"하, 어떻게 아셨습니까?"

"우리 제자와 있더니 농담 하나는 늘었네."

"농담이 아닌데……."

"그런데, 자네가 여기는 웬일인가?"

"저는……."

서재오가 머뭇거리자, 옆에 있던 강유찬이 한 걸음 앞으로 나오며 말했다.

"백성들을 위해 장운현에 남기로 했답니다."

"허허, 역시 화산파의 매화검수군. 문파의 최고는 화산이요, 방파의 최고는 개방이라는 옛말이 딱 들어맞는군."

"하하, 어르신. 말씀 감사합니다."

강유찬은 표정을 수습 못 하고 입꼬리를 올렸다 내렸다를 반복했다.

정파 최고의 세력을 꼽으라면 누구나 일문(一門), 일사(一寺), 일방(一傍)이라는 말이 있다.

일사는 소림사를 말함이요, 일방은 개방이었다.

하지만, 문파 중 제일은 시대에 따라 달라진다.

지금의 화산은 무당과 종남에도 살짝 밀리는 형편.

그런데 개방의 원로, 그중에서도 가장 깐깐하다는 홍칠개가 화산파가 일문이라 하니, 강유찬은 기쁜 표정을 숨기지 못한 것이었다.

그때 홍칠개가 말했다.

"움직이기 시작했네."

그 말에 강유찬이 다급하게 물었다.

"어디입니까?"

"지도부터 보세."

그들은 밖에 서재오를 남겨 둔 채 막사로 들어갔다.

강유찬은 군사용 지도가 놓인 탁자로 홍칠개를 안내했다.

지도를 본 홍칠개는 거침없이 군사용 지도에 점을 찍었다.

"지금, 이곳과 이곳, 그리고 이곳으로 낯선 자들이 향하고 있다네."

"감사합니다, 무제자 어르신. 위험한 곳에 남아서 이렇게 도와주신 점, 감사드립니다."

강유찬은 홍칠개를 향해 정중히 포권했다.

"뭐, 이게 무림을 위하고 나라를 위한 일이 아니겠나. 백성이 힘들면 거지는 누구한테 빌어먹겠나?"

"그렇게 생각해 주시니 감사합니다. 어르신을 보니 개방이 무림 일방으로 추앙받는 건 너무 당연하다는 생각이 듭니다."

"일이 끝나면 우리 방도들에게 따뜻한 국밥이라도 내어 주게."

"국밥이 대수입니까? 제가 직접 나선 건 황제 폐하의 특별 지시입니다. 하북성의 개방 방도가 굶는 일은 없도록 하겠습니다."

"그건 아니 되고."

"그게 무슨 말씀입니까?"

"거지가 호의호식하면 그게 거지던가? 굶을 때도 있어야 진정한 거지 아닌가? 하하."

홍칠개는 득도한 도인처럼 웃었다.

그 모습에 강유찬은 자신도 모르게 고개를 숙였다.

그의 눈에는 홍칠개가 득도한 도인처럼 보였던 것이다.

매화를 보고 깨달음을 얻었던 화산파의 시조와 홍칠개의 모습이 살짝 겹쳐 보였다.

❧

서재오는 막사 앞에서 강유찬과 홍칠개를 기다리며, 조용히 하늘을 올려다봤다.

"아, 내 깨달음……!"

하지만 그의 외침은 하늘로 흩어질 뿐, 누구 하나 대답해 주지 않았다.

서재오의 머릿속에는 아쉬움과 깨달음을 향한 열망뿐이었다.

그에게 깨달음의 끝자락은 달콤한 주향과도 같았다.

술맛을 아예 모른다면 포기하겠지만, 달콤한 술 향기를 한

번 맡게 되면 머릿속에서 지워지지 않는 현상과 비슷했다.

그때 서재오의 머릿속에 깨달음의 끝자락이 어디에서 왔을까 하는 의문이 생겨났다.

해답을 찾던 서재오는 머릿속에 하나의 얼굴이 떠올렸다.

물론 그것은 한빈이었다.

생각해 보니 천수장에 처음 왔을 때도 어렴풋하게 깨달음의 끝자락을 느낀 적이 있었다.

"진짜 돌아가야 하나…….."

그때 홍칠개가 막 막사에서 나왔다.

막사에서 나온 홍칠개는 앞에서 어정쩡하게 서 있는 서재오를 바라보며 말했다.

"객잔으로 돌아가는 길이면 같이 가겠나?"

"아, 저는…….."

"그리 어려워 하지 말고. 앞으로 몇 개월은 동고동락할 사인데, 뭘 그리 어려워하나? 자네."

홍칠개가 씩 웃으며 서재오를 잡아끌었다.

서재오는 힘없이 홍칠개에게 끌려가다가 다급하게 움직이는 병력을 보며 고개를 갸웃했다.

"무슨 일입니까?"

"개방은 적에 대한 감시를 맡았네."

"지난번에 들어 보니 개방이 창이라 하던데…….."

"창은 맞지. 우린 찔러주고, 관군은 베고."

"아, 그런 의미의 창이었습니까?"

서재오가 고개를 끄덕였다.

창으로 찌르고 칼로 베는 것은 가장 기본적인 병기의 사용 방법.

목숨을 거두는 것이 아닌, 위치가 있는 곳을 관군에게 찔러준다?

말장난 같지만, 어찌 보면 창의 임무일 수도 있었다.

서재오의 표정을 본 홍칠개가 설명을 덧붙였다.

"군이 정체도 모르는 세력들인데, 우리가 나설 필요가 있겠나?"

"……."

서재오는 조용히 홍칠개를 바라봤다.

모두 맞는 말이었다.

홍칠개가 고개를 끄덕이며 말을 이었다.

"백성을 괴롭히는 무리는 나라에서 나서는 게 맞지. 지금부터는 누구라도 여길 벗어나는 순간 관아의 적이 될 것이야."

"누구라도요?"

"당연하지, 아군 중에는 도망치는 자가 없을 테니, 벗어나는 자가 속한 집단은 불순한 무리가 분명하지. 이만 명의 관군이면 누구라도 쉽게 빠져나가지는 못할 테니까. 물론 우리 제자의 계획이지만 말이네."

"아, 팽 공자의 계획이었군요."

서재오는 반사적으로 고개를 끄덕였다.

그것도 잠시 그는 고개를 갸웃했다.

적을 무림과 연관시키지 않고 자신의 가문과도 연관시키지 않는다?

이것은 어린 나이에 생각할 수 없는 치밀함이었다.

그런데 이런 치밀함이 당연하게 느껴지는 것은 왜일까?

의문을 이어 나가던 서재오의 고개가 점점 기울어졌다.

"그런데 솔직히 궁금한 게 있습니다."

"편하게 물어보게."

홍칠개가 웃으며 답하자 서재오가 진지한 표정으로 말했다.

"들어오는 걸 막아야지, 빠져나가는 걸 막다니! 그런 책략이 어디 있습니까? 게다가 백성들을 위한다면서요?"

"장운현에 몰아넣고 잡는다던데."

"누가요?"

"누구긴 누구야, 우리 제자지."

"아! 그것도 팽 공자의 계획이군요."

서재오가 탄성을 흘리자, 홍칠개는 진득한 미소를 지었다.

홍칠개의 미소와 한빈의 미소가 겹쳐 보이는 것은 우연일까?

서재오는 자신도 모르게 치를 떨었다.

그가 보기에 한빈의 계획은 한 단어로 설명할 수 있었다.

바로 차도지계(借刀之計)였다.

남의 칼을 빌려 적을 처리하는 것.

자신의 적이 아닌 국가의 적으로 만든다라?

강호인으로서는 가장 두려운 일이었다.

흔히 관무불가침이라고는 하지만, 그것은 국가의 힘에 복종할 때의 이야기였다.

백성을 도탄에 빠뜨리고 나라의 명을 거스른다면 적이 될 수밖에 없는 법.

문파 하나가 나라에 맞선다라?

그것은 있을 수 없는 일이었다.

어찌 보면 적을 지우는 가장 편한 방법을 택한 것이었다.

서재오는 진심으로 한빈의 머릿속을 들여다보고 싶었다.

한빈과 관련된 수많은 생각을 이어 나가자, 다시 깨달음의 끝자락이 보일 듯 말 듯 눈앞에 아른거렸다.

서재오는 조금 더 깊이 사색에 잠겼다.

일반적인 정파인이라면 어떻게 했을까?

백성을 해치려는 상대의 계획을 눈치챘다면, 그것을 무마시키기 위해 수단과 방법을 가리지 않았을 것이었다.

뭐, 결과는 뻔했다.

백 명의 좀도둑을 모두 잡을 수는 없는 일.

적은 도망가고 다른 곳에서 또 일을 벌일 것이다.

어찌 보면 언 발에 오줌 누기와도 같은 행태.

약간의 희생이 생기더라도, 백 명의 좀도둑을 잡는다는 생각은 정파인으로서는 할 수 없는 생각이었다.

생각을 이어 나가던 서재오의 머릿속에 의문이 생겼다.

개방이 창이고 흑사문이 방패라 했다.

서재오는 왜 흑사문을 방패라 칭했는지 이해가 되지 않았다.

다시 보일 것 같은 깨달음의 끝자락.

그때 홍칠개가 서재오의 어깨를 토닥였다.

"무슨 걱정을 그리 하나?"

"아, 무제자 어르신!"

서재오는 오늘만은 한빈보다 홍칠개가 미웠다.

그것도 잠시 서재오는 낮은 목소리로 중얼거렸다.

"방패라…….."

"방패라니?"

홍칠개도 고개를 갸웃하자 서재오가 물었다.

"흑사문이 진짜 방패입니까?"

"아, 흑사문 말이군? 나도 그놈들이 왜 방패인지는 모르겠네."

"어르신도 모르는 게 있군요."

"험."

헛기침한 홍칠개가 재빨리 앞장서자 서재오가 재빨리 그 뒤를 따랐다.

"같이 가시죠, 어르신."

서재오가 경공술을 펼치자 주변의 먼지가 일어났다.

그들의 의문이 풀린 것은 며칠이 지난 후였다.

✿

며칠 후.

객잔 앞 울타리 밖에 모여 있는 흑사문 무리에게 묘한 증상이 일어났다.

얼굴이 시퍼렇다 못해 검게 변했으며, 겉으로 드러난 피부의 여기저기가 부풀어 오르기 시작한 것이다.

그 모양이 얼마나 흉측한지 서로를 바라보면서 밥을 먹지 못할 정도였다.

설무익은 밥을 다 먹고 장대찬을 불렀다.

"내 밥그릇 좀 갖다 놔라."

"이제 자기 일은 자기가 하슈. 왜 남을 부려 먹습니까?"

"이놈이 진짜 죽으려고……."

"죽여 보십시오. 지금 공자님 꼴이나 내 꼴이나 죽어 가는 건 똑같지 않습니까?"

장대찬이 목에 핏대를 세우며 덤벼들었다.

설무익은 자신도 모르게 한 발 뒤로 물러났다.

그러고는 물통에 얼굴을 비춰 보았다.

얼굴에 잔뜩 돋아난 수포.

검게 변한 피부.

모든 것이 보통 병이 아님을 말해 주고 있었다.

겉모습만 보면 역병에 걸렸다는 마을 사람보다 더 심각했다.

아니나 다를까?

자신들 때문인지는 몰라도 객잔 앞에 오는 이들은 아무도 없었다.

지금도 저 멀리 무인 몇몇이 와서 멈칫거리고 있었다.

그들은 이곳 장운현의 상권을 나눠 가지고 있는 정파인들이었다.

그들이 찾아오는 데에는 이유가 있었다.

하북팽가에서 온 사람들과 그들이 관리하는 상인들만 멀쩡하다는 소문이 돌기 시작한 것이다.

그들은 이곳에 역병을 완치하는 만병통치약이 있다고 확신했다.

그 약을 구하기 위해 왔지만, 골골대는 흑사문 무리를 보자 들어갈 용기가 나지 않았던 것이다.

멀리서 주춤대며 물러서는 무사들을 바라보던 설무익은 그제야 한빈이 자신들을 방패라 했던 이유를 알 수 있었다.

차라리 독이라면 피하면 그만이지만, 이런 괴질은 대처할 방법이 없었다.

사천당문이라면 이런 괴질에 대비할 수 있을까?

백독곡에 있는 백독문이 역병을 막을 수 있을까?

강호인에게 역병은 독보다도 무서운 존재였다.

"내가 여기에서 살아 나가면……."

설무익은 말을 잇지 못했다. 갑자기 목이 간지럽기 시작한 것이다.

쓰윽.

목을 긁자 설무익의 목덜미에 생겼던 수포가 터졌다.

톡,

동시에 진물이 목덜미를 타고 흘러내렸다.

주르륵.

그 모습을 멀리서 보던 정파의 무인들이 아연실색하며 줄행랑을 쳤다.

아마 화경의 고수라도 이곳을 지나가기는 어려울 것이었다.

멍하니 줄행랑을 치는 사람들을 바라보는 설무익은 그 자리에서 굳었다.

그 뒤로 그의 수하들도 멍하니 하늘을 올려다봤다.

장대찬은 이 모든 것이 천벌을 받은 것이라 생각했다.

남이 이루어 놓은 것을 하루아침에 빼앗고, 남의 일생을

송두리째 무너뜨린 적이 한두 번이던가.

그것이 사파가 할 일이라 생각하며 아무 생각 없이 설무익을 따랐었다.

하지만 무서워서 피하는 게 아닌, 더러워서 피할 수밖에 없는 오물 같은 처지가 된 지금, 장대찬은 진심으로 뉘우치고 있었다.

물론 이곳에서 살아 나가고 싶은 마음은 처음과 똑같았지만 말이다.

장대찬은 고개를 흔들었다.

아까 완강하게 거부는 했지만, 넋을 잃은 설무익을 보니 잘못하면 자신까지 저녁을 거를 수 있을 것 같아서였다.

장대찬은 남은 그릇을 가져가 울타리 앞에 있는 심미호에게 가져다주었다.

심미호가 상냥하게 물었다.

"잘 드셨어요?"

"잘 먹었습니다."

돌아선 장대찬은 자신도 모르게 눈물을 글썽였다.

이곳에서는 관음보살과 같은 여인이었다.

모두가 피하는데 저 여인만은 자신들을 두려워하지 않고 계속 배식을 이어 나가고 있었다.

만약 적혈맹호대 부대주인 심미호가 없었다면, 자신을 비롯한 흑사문 무리는 벌써 명이 끊어졌을 것이다.

장대찬은 밥그릇을 건네고는 황급히 달려왔다.

갑자기 몸이 근지럽기 시작해서였다.

등을 긁고 확인해 보니 몸을 긁던 손톱에 살점이 묻어 나왔다.

"헉!"

비명을 지른 장대찬은 자리에서 펄쩍 뛰었다.

순간 장대찬의 눈에 뭔가가 보였다.

꼭 눈에 풀잎이 낀 것 같은 착각이 들게 만드는 녹색 장포였다.

그것도 잠시, 녹색 옷자락은 눈앞에서 스르륵 사라졌다.

"뭐지? 설마 눈까지……."

장대찬은 이것이 자신의 눈에 생긴 이상이라 생각했다.

그의 이상한 행동에 흑사문의 무리가 몰려들었다.

"왜 그래? 설마 눈까지 안 보이는 거야?"

흑사문의 무리는 장대찬을 재촉했다.

그도 그럴 것이, 장대찬이 아프다고 하면 반드시 자신들에게도 똑같은 증상이 나타날 것이기 때문이다.

장대찬이 손을 내저었다.

"눈앞에 녹색 장포가 나타났다가 없어졌는데, 지금은 괜찮다."

"휴……."

동료들은 안도의 한숨을 쉬며 장대찬이 바라보는 곳을 확인했다.

　객잔의 위층에서는 한빈이 팔짱을 끼고 흑사문의 무리가 바라보는 곳을 같이 보고 있었다.

　"저자도 혹시 팔선……?"

　한빈은 말끝을 흐리며 의문을 띄웠다.

　확신할 수 없었기 때문이다.

　옆에 있던 설화가 물었다.

　"혹시 걱정되시는 거라도 있으세요? 공자님."

　"아니야. 지금까지는 계획대로네, 쩝."

　말을 마친 한빈이 입맛을 다셨다.

　그 모습에 설화가 걱정스러운 표정으로 물었다.

　"또 무슨 사고를 치시려고요? 저도 지난번에는 힘들었어요. 그 언니가 얼마나 무거운지……."

　설화는 한빈의 눈치를 보며 불평을 털어놨다.

　백선을 마을 밖으로 옮겨야 했던 날, 설화는 뜨거운 국에 풀어진 떡처럼 몸이 흐물흐물해졌다.

　뭐, 그날 한빈이 사야 했던 당과의 양은 어마어마했고 말이다.

　한빈이 재빨리 설화의 말을 끊었다.

"걱정하지마. 이번에는 힘들게 안 할 테니까, 설화야."

"이번에는 힘들면 당과 두 배예요, 공자님."

"두 배 인정해 주지."

고개를 돌려 창밖을 바라보는 한빈의 얼굴에는 진득한 미소가 피어났다.

그 미소는 복합적인 미소였다.

첫 번째 의미는 적의 움직임이 파악되었기 때문이었고, 두 번째는 객잔으로 들어오는 서재오가 보였기 때문이었다.

"역시 돌아왔네."

한빈의 말에 설화도 창밖을 바라봤다.

홍칠개와 함께 들어오는 서재오를 본 설화가 피식 웃으며 말했다.

"에이, 화산파 아저씨가 의리가 있네요. 그렇죠?"

"그렇지, 의리가……."

한빈은 말끝을 흐렸다.

점점 객잔과 가까워지는 서재오를 본 설화가 고개를 갸웃했다.

"그런데, 화산파 아저씨 얼굴에 초췌해 보이네요. 그리고 보니 떠나신 지 며칠 만에 오시는 거잖아요."

"원래 가출했다가 바로 집에 들어오긴 뭐하지. 가족이란 그런 거다, 설화야."

"가족이라고요?"

설화는 못 믿겠다는 듯 고개를 길게 빼고 휘적휘적 걸어오는 서재오를 바라봤다.

"어디선가 구르고 온 모습인데요."

"그럴 리가."

한빈이 손을 내저었다.

하지만, 한빈은 진실을 알고 있었다. 어찌 보면 설화의 눈이 정확했다.

홍칠개가 오면서 이 일 저 일 시키며 굴렸을 것이 분명하다.

뭐, 굳이 죄목을 따지자면 탈주하려고 했던 죄?

한빈은 흡족한 표정으로 객잔 밖을 바라봤다.

다음 날 아침.

적혈맹호대가 묵는 객잔의 울타리에서 한참 떨어진 전각의 지붕.

백발노인 하나가 녹색 장포를 펄럭이며 객잔을 바라보고 있었다.

그는 고개를 갸웃하며 흰 수염을 쓰다듬었다.

그의 모습 중 남들이 보기에 묘한 부분이 있었다.

바로 흰 수염을 쓰다듬는 그의 손이었다.

그의 손은 맨살임에도 암흑을 옮겨다 놓은 것 같은 검은색이었다.

그 손에 닿으면 모든 빛이 흡수되어 암흑으로 물들 것 같았다.

녹색 장포의 중년인 옆에 그림자 하나가 나타났다.

"일단 뜸은 다 들인 것 같아요, 사부."

"완벽한가?"

"네, 하북팽가와 관련된 사람을 제외하고는 완벽하다고 판단돼요, 사부님."

"완벽하다라……."

백발노인의 정체는 팔선 중 천독이라 불리는 독선이었다.

독선 천독은 못마땅한 듯 상대를 바라봤다.

그가 바라보는 곳에는 깡마른 체구의 여인이 있었다.

어찌 보면 수수깡에 옷만 입혀 놓은 듯한 모습.

그녀는 검은색 무복에 녹색 허리띠를 차고 있었다.

그녀의 이름은 청연.

어릴 적 독선에게 거둬져, 그의 오른팔의 위치까지 올라온 여인이었다.

스물여덟 정도의 외모를 가진 그녀의 진짜 나이는 열여덟.

포권한 그녀의 손은 푸른색.

그녀의 청색 손은 백 가지의 독에 대한 면역과, 그 백 가지 독을 자유자재로 쓸 수 있음을 뜻했다.

나이 들어 보이는 그녀의 외모는 독공을 택한 결과였다.

꺼림칙한 독선 천독의 눈빛을 눈치챈 청연이 말했다.

"제가 실수라도 했나요? 사부님."

조심스럽게 청연이 묻자, 천독은 표정을 굳혔다.

"어떤 변수를 제외하고 말할 수 있는 완벽한 일은 없다. 변수가 있다면 그 자체로 완벽한 일이 아닌 것이다, 청연아."

"그럼 어떻게 해야 완벽해질까요? 사부님."

"당연히 변수를 제거하고 수확하는 것이 가장 올바른 방법이다."

"그렇다면 제가 거치적거리는 변수부터 치울게요, 사부님."

말을 마친 청연은 객잔 쪽을 바라봤다.

동시의 그녀의 푸른 손이 더욱 짙어졌다.

이전의 손이 희미한 푸른색이었다면, 지금은 진한 청색으로 변했다.

청연은 독기를 운용함으로 자신의 의지를 나타낸 것이다.

그 모습에 흡족한 표정을 지은 천독이 나지막이 외쳤다.

"아서라! 계획이 먼저다. 저들은 만만한 자들이 아니다."

"그게 무슨 말씀이에요? 은밀함으로 따지면 저희 흑수대를 따라갈 자들이 있겠어요? 당장에 저 객잔을 깨끗이 지울 테니 명만 내리시지요, 사부."

"청연아, 저길 잘 봐라."

천독이 객잔을 가리키자 청연은 고개를 갸웃했다.

"제자 보고 있습니다. 저기가 목표 아닙니까? 사부님."

청연은 쉬지 않고 객잔을 살폈다.

하지만, 그녀가 보기에 특별한 사항은 없었다.

계속 눈동자를 굴리는 청연의 모습에 천독이 말했다.

"그곳 말고, 저 아래를 보란 말이다."

천독은 객잔이 아닌 울타리 쪽을 가리켰다.

"저 아래라면……."

공력을 끌어올려 안력을 높이던 청연이 말끝을 흐렸다.

객잔의 앞 울타리 근처에서는 참혹한 광경이 펼쳐지고 있었기 때문이다.

'뭐지?'

청연의 머릿속에 의문이 피어났다.

저것은 허혈초로 제조한 혈독의 증상이 아니었다.

붉은색의 반점이 아니라 피부가 검게 변한다?

거기에 피부를 덮고 있는 수포까지?

청연이 관찰하던 누군가가 얼굴을 긁었다.

순간 주르륵 흘러내리는 진물.

독공에 있어서 천독 다음가는 청연이지만, 저 정도의 증상은 본 적이 없었다.

고개를 세차게 흔들던 청연의 시선이 어느덧 사부인 천독의 얼굴에 고정되었다.

그 눈빛은 이곳에 독을 푼 것이 사부인 천독이 아니냐는 질문을 담고 있었다.

그 뜻을 안 천독이 말했다.

"저건 내가 푼 독 때문이 아니다."

"그럼 저건 무엇입니까?"

"저것은 진짜 전염병의 증상이다. 그것도 서장 쪽에서나 볼 수 있는 지독한 병이지."

"그렇다면……."

"저곳은 통제가 불가능한 곳이지. 아무리 완벽한 독인이라도 저곳에 발을 들였다가는 몇 개의 목숨 줄을 가지고 있어도 부족하다."

"그럼 장운현에 진짜 역병이 퍼졌다는 이야깁니까?"

"아니, 저곳에만 의도적으로 퍼뜨린 것 같다."

"역병을 퍼뜨리는 미친놈이 있다는 말입니까? 어떤 미친놈이길래. 그렇다면 장운현의 사람들은 그냥 놔둬도 다 죽어나가는 게 아닙니까? 그럼 저희 계획에도……."

"성급한 결론은 내지 말아라, 청연아. 자세히 보면 역병에 걸린 이들은 한정된 공간 안에서만 생활하고 있다. 그리고 저걸 퍼뜨린 놈은 역병을 극복할 방법이 있는 것이지. 즉, 역병을 다스릴 줄 아는 놈이다."

"역병을 다스린다고요?"

청연의 눈이 한계까지 커졌다.

그 모습에 천독은 그럴 줄 알았다는 듯 고개를 끄덕였다.

"아마 저걸 퍼뜨린 자는 역병의 신이라고 해야 적당할 것이다. 아마 저런 고통을 주고 그걸 즐길 것이다. 저놈은 강호에서 악랄한 놈일 수도 있다."

"음."

"우린 저놈을 사로잡아야 한다. 저놈의 힘을 우리 것으로 만든다면……."

천독은 뒷말을 흐리며 조용히 하늘을 올려다봤다.

중원의 하늘이 된다는 말을 삼킨 것이었다.

"그럼 방법이 없는 것입니까?"

"흑수대에게 명령을 내려라. 내가 있는 곳을 기준으로 저 객잔을 포위한다."

"네, 명 받들겠습니다."

"절대 경거망동하지 말고 저곳에서 역병의 주인이 나오길 기다리라고 전하라."

"그자가 누군지 어떻게 아나요? 설마 하북팽가의 사 공자는 아니겠죠?"

"아마도 그건 아닐 것이다. 내 생각에는 하북팽가를 돕는 고인이 있는 것 같구나. 우리는 그자를 반드시 생포해야 한다."

"그럼 저곳에서 나오는 이들을 조심해서 다뤄야겠군요?"

"아니지, 저곳에서 나오는 자는 모두 죽여라."

"생포하라고……."

"역병을 다스릴 줄 아는 자가 네 손에 죽겠느냐?"

"그렇다면……."

"다 죽이고 남은 놈이 우리가 생포할 놈이다."

"알겠습니다. 철저히 짓밟겠습니다."

"단, 독은 가능한 한 혈독만 쓰거라."

"아, 혈독을 쓴다면 시체를 처리 안 해도 되겠군요. 손발이 썩어 문드러질 테니까요. 사부님의 말씀대로 허혈초에서 추출한 혈독만 쓰겠습니다."

청연의 말에 천독은 미소 지었다.

한참 동안 미소 짓던 천독이 입을 열었다.

"나머지는 네가 알아서 하여라."

"이제 조금만 있으면 놈들은 자신들이 완전히 사면초가의 상황에 몰렸다는 것을 알겠군요."

"사면초가라? 적당한 표현이구나, 청연아."

"초나라의 노래 대신 저희 흑수대의 독으로 덮겠습니다, 사부님."

말을 마친 청연은 객잔 쪽을 가리켰다.

사면초가란, 적의 사기를 떨어뜨리기 위해서 한나라가 초나라의 슬픈 노래를 불렀던 일화.

한나라가 사용한 초나라의 노래 대신, 독으로 적을 고립무원의 상태로 만들겠다 청연은 장담한 것이다.

"그럼 바로 실행하겠습니다."

포권한 청연은 검은색 잔상만을 남기고 사라졌다.

잠시 후, 천독이 앉아 있는 전각을 중심으로 저잣거리에 사람들이 조금씩 늘어나기 시작했다.

그들은 초라한 행색을 하고 있었다.

딱 보면 거지라고 보기에 적당했다.

모두가 숨을 죽이고 있는 거리 구석구석에 거지가 한둘씩 늘기 시작한 것이다.

만약 한빈과 홍칠개가 개방도를 물리지 않았다면 위장을 한 청연의 수하들과 구별이 되지 않았을 정도였다.

썰렁한 거리에 다른 이가 나타났다면 유심히 보겠지만, 거지의 등장은 누구의 시선도 끌지 못했다.

꽃

같은 시각, 한빈은 창가 가까운 의자에 걸터앉아 밖의 전경을 감상하고 있었다.

가끔은 눈을 감고 사색에 잠긴 듯 보이는 한빈.

마치 누군가를 기다리는 것만 같았다.

얼마나 지났을까?

한빈은 조용히 고개를 끄덕였다.

그러고는 진득한 미소를 피워 냈다.

적의 움직임을 본능적으로 알아챈 것이다.

사냥감이 꼬리를 드러냈으니 덫을 준비해야 할 때였다.

한빈은 적에 대한 대략적인 특징을 머릿속에 그려 봤다.

허혈초를 쓰는 것으로 봐서 적은 독공을 익힌 자들이었다.

독공을 익힌 자들의 특징은?

살수만큼이나 은밀하고 후각이 발달해 있다는 점.

문제는 그 은밀함이 체계적이라는 것이다.

황실의 숙수만큼이나 냄새에 민감하고 체계적으로 훈련받은 이들은 독향으로 서로를 구분한다.

어떤 식으로 체취를 지우더라도 그들을 완벽하게 속일 수는 없다.

그들이 눈치채기 전에 숨통을 끊어 놓는 것이 가장 좋은 방법.

결정을 했으니 이제 실행에 옮겨야 했다.

막 창문을 닫으려던 한빈의 눈에 묘한 광경이 들어왔다.

그것은 객잔에 생긴 변화였다.

원래 안 보이던 벌들이 객잔에 날아든 것이다.

한빈은 고개를 내밀어 복도 반대편 방의 창문을 확인했다.

그곳에는 꿀벌들이 웽웽 소리를 내며 맴돌고 있었다.

우연의 일치인지, 그곳은 설화가 묵고 있는 방이었다.

이름에 꽃이 들어간다는 것을 벌들이 아는 것일까?

신기한 일이었다.

재미있다는 표정을 짓던 한빈은 바로 웃음을 지웠다.

적의 공격과는 전혀 관계없다고 판단해서였다.

생각을 마친 한빈은 창문을 닫으며 손가락을 튕겼다.

딱.

그 울림이 사라지기도 전에 설화가 한빈의 옆에 나타났다.

"공자님, 저 불렀어요?"

"오늘 밤 사냥 나갈 준비 좀 해라, 설화야."

"사냥이요? 혹시 저도 같이요?"

"싫으면 말고."

한빈의 말에 설화는 재빨리 손을 내저었다.

"아니에요, 저도 같이 갈게요. 그런데 그 전에 체력 좀 보충하고 있을게요."

"식사가 부실하면 심 부대주한테 말해 놓을 테니, 언제든 말해라. 아니면 직접 가서 부탁해도 되고."

"그, 그게 식사가 아니라 당이 떨어져서요."

설화는 민망한 듯 말을 살짝 더듬었다.

"아, 당과 말이구나. 그런데 마을이 저 모양이니 당과를 구할 곳이……."

"공자님, 그건 제가 해결했어요."

"흠, 문을 열지 않은 가게를 설화, 네가 어떻게 해결한다고?"

"그게 아니라 해결했다고요."

"오호, 신기한 일이네. 어떻게 해결했을까?"

한빈이 눈매를 좁히며 설화를 바라봤다.

설화는 그 눈빛에 칭찬이라도 받은 것처럼 활짝 웃었다.

그 웃음의 끝에 설화의 입이 열렸다.

"그러니까……."

설화의 설명을 듣던 한빈은 눈을 크게 떴다.

설화는 당과를 만들 재료를 사 왔다고 한다.

과일은 보관을 생각해서 말린 과육을 준비했고 나머지 재료도 넉넉히 준비했다고 했다.

설명을 들은 한빈은 뭔가 생각난 듯 창문을 다시 열었다.

지금도 벌들이 설화의 창문 앞에서 웽웽거리고 있었다.

한빈이 설화에게 물었다.

"내가 왜 냄새를 눈치채지 못했지?"

"냄새가 안 새어 나가게 꽁꽁 감춰 놨거든요."

설화가 마치 자랑하듯 어깨를 활짝 펴며 답했다.

하지만, 한빈은 팔짱을 끼고 잠시 생각에 잠겼다.

한빈이 이상하게 생각하는 점은 하나였다.

영물을 대신해 천리추종향을 일정 부분 맡을 수 있는 자신이었다.

그런 후각으로도 단 냄새를 눈치채지 못한다고?

한빈의 표정을 본 설화도 턱을 괴며 생각에 빠졌다.

그것도 잠시 설화가 손뼉을 쳤다.

짝.

그 소리에 상념에서 깨어난 한빈이 물었다.

"설화야, 무슨 일이지?"

"공자님이 냄새를 못 맡은 이유를 알 것 같아서요."

"오호, 일단 말해 봐. 일리가 있다면 상을 주지."

"상이요? 당과는 당분간 됐는데……."

"아니, 다른 특별한 상을 줄 테니 일단 말해 봐."

"음, 그러니까……. 공자님은 단 냄새를 못 맡는 것이 아니라 익숙해진 거예요."

"익숙해졌다고?"

"제가 당과를 워낙 좋아하잖아요."

"그야 그렇지."

한빈은 팔짱을 끼고 설화의 다음 말을 기다렸다.

그 표정을 본 설화는 자신감을 얻었는지 과거시험에서 정답을 적어 낸 유생처럼 기분 좋게 웃었다.

"그러니까요. 저와 제 방에서 달달한 냄새가 나는 것은 당연하잖아요. 못 느끼시는 게 아니라, 단 냄새가 나는 걸 당연하게 느끼시는 거죠. 마치 훈련받은 것처럼요."

"아, 일리가 있어."

말을 마친 한빈은 생각을 정리해 봤다.

이것은 무공을 익히는 과정과 같다.

한 초식을 익히기 위해서는 같은 동작을 최소 천 번은 반복해야 한다는 무림의 속담이 있지 않은가?

상대의 초식에 맞서기 위해서는 머리로 판단하는 것이 아닌, 반사적으로 동작이 튀어나와야 하기 때문이다.

이처럼 무인의 몸은 모든 동작에 길들여지고 익숙해진다.

후각 역시도 마찬가지라 한빈은 생각했다.

그렇다면?

한빈은 눈을 빛냈다.

독공을 쓰는 저들에게 어떻게 접근을 해야 할지 알아냈기 때문이었다.

오늘 사냥은 수월해질 것 같았다.

한빈은 씩 입꼬리를 올리며 설화를 바라봤다.

"설화, 너는 천재다."

"정말루요?"

설화가 기쁜 듯 눈을 빛내자 한빈이 탁자 옆에서 어른 팔뚝만 한 상자를 꺼냈다.

"이건 해답을 찾은 것에 대한 선물이다."

"이게 뭐예요?"

"열어 봐라."

"지금 열어 봐도 돼요?"

"당연하지."

한빈의 말에 설화가 나무 상자를 열었다.

그곳에는 단검 한 자루가 있었다.

그 단검은 검은색 검신에 붉은빛을 띠고 있었다.

설화가 물었다.

"공자님, 혹시 이거 묵철로 만든 단검인가요?"

"아니, 이건 천산혈랑의 발톱으로 만든 단검이다. 강유찬 대인의 이야기로는 천산혈랑의 발톱이 만년한철보다 단단하다고 하더구나."

"헉, 그럼 이 단검은 지난번에 황제 폐하께서 내려 주신 단검이잖아요. 그걸 왜 제게……."

"내겐 아직 한 자루가 있으니, 한 자루는 네가 써라."

"그래도 공자님께 내리신 하사품인데……. 저는 받을 수 없어요."

"내가 관리가 될 것도 아니고 대대로 무가인 하북팽가에서 이 단검은 그저 호신용 검일 뿐이다. 대신 본업으로 돌아가게 되면 그때는 반납해라."

한빈이 웃었다.

그 웃음에는 많은 것이 담겨 있었다.

설화는 말없이 고개를 끄덕였다.

한빈의 말뜻을 깨달은 것이다.

황제가 내린 검으로 살행을 할 수는 없는 일이었다.

한빈과 단검을 번갈아 보던 설화가 나지막이 읊조렸다.

"아, 그래도……."

설화는 말끝을 흐리며 단검을 품 안에 넣었다가 다리에 있는 각반에 찼다를 반복했다.

그러던 중 설화가 물었다.

"공자님, 이 단검의 이름이 무엇인가요?"

설화는 서당에서 훈장의 답변을 기다리는 아이처럼 천진난만한 얼굴을 하고 있었다.

그 모습에 한빈이 사람 좋은 얼굴로 말했다.

"나도 이름은 모른다. 크기는 작아도 다른 보검에 뒤지지 않을 테니, 설화 네가 직접 이름을 붙여 봐라."

"아……. 그럼 그냥 혈랑검이라고 할래요."

설화가 잠시 망설이다가 확신에 찬 표정으로 말했다.

"혈랑검이라……."

한빈이 고개를 갸웃하자 설화가 팔짱을 끼며 말했다.

"전에 황제 폐하가 내려 주신 칭호인 혈랑공자를 따서 그렇게 부를래요."

"흠, 그건 알아서 하고."

"참, 그냥 혈랑검이 아니라 우혈랑검이라고 해야겠네요."

"우혈랑검이라고?"

한빈이 고개를 갸웃했다.

그 모습에 설화가 혈랑검을 가리키며 답했다.

"한 자루 더 있잖아요."

"……."

한빈은 고개를 갸웃했다.

한 자루 더 있다는 것은 조금 전에도 한빈이 얘기한 사실
이었다.

설화가 밝게 웃으며 말을 이었다.

"그거 다른 사람한테 주면, 그 사람이 자기가 오른팔이라
고 우길 거 아니에요. 공자님 오른팔 찜해 놓으려면 단검에
오른팔이라는 표시를 해 놓는 게 좋을 것 같아서요, 헤헤."

실없이 웃는 설화의 모습에 한빈도 마주 웃었다.

"그것도 알아서 하려무나, 설화야."

"네, 공자님, 그럼 저는 체력 좀 보충하고 사냥 준비해 놓
을게요."

"그래라."

"그럼 이만 가 볼게요."

설화는 꾸벅 허리를 숙이고는 한빈의 방을 빠져나갔다.

설화가 사라지자 한빈이 혼잣말을 뱉었다.

"무명이가 서운해하려나?"

한빈은 조용히 고개를 저었다.

사람이 많으면 많을수록 위험성이 높아지는 임무였다.

사람이 많다 보면 때로는 자신의 칼이 되는 게 아니라 짐
이 될 때도 있었다.

이제 한빈 나름대로 결전을 준비해야 할 때.

한빈은 품에서 진세미가 준 백령단을 꺼냈다.

가부좌를 튼 한빈은 지체 없이 백령단을 입에 넣고 씹었다.

영단을 복용하는 날을 오늘로 잡은 이유는 오늘이 양기가 가장 활발하다는 날이기 때문이다.

한빈은 오늘 백령단을 흡수해서 본신 내력 일 갑자에 도달하기로 마음먹었다.

이렇게 날을 잡아 영단을 흡수하는 이유는 간단했다.

영단을 복용하면 복용할수록 그 효과가 감소되기 때문이다.

즉, 같은 영약이라도 처음 복용했을 때는 십 년의 내공을 얻을 수 있지만, 그다음은 오 년, 그다음은 이 년, 끝내는 반 년의 내공조차도 얻기 힘들어진다.

흔히 강호인들이 말하는 영단 효용 감소 현상.

이제까지 이 이론은 정확히 들어맞았다.

하지만, 백령단은 하남 백사문의 보물.

아무리 감소 현상의 영향을 받는다 해도, 일류의 무인이 먹게 되면 능히 십 년의 내공이 차오르는 영약이었다.

즉 한빈은 이번 복용이 끝나면 가뿐히 본신 내공 일 갑자에 도달할 것이라 믿었다.

마치 간식을 씹듯 아무렇지 않게 백령단을 삼킨 한빈은 조용히 눈을 감았다.

한빈이 눈을 뜬 것은 정확히 한 시진이 지나고 나서였다.

그날 밤.

반쯤 기울어진 달은 여유 있게 세상을 내려다보듯 어슴푸레 객잔을 비추고 있었다.

어둠과 달빛이 적절히 버무려질 때쯤, 적혈맹호대가 머무는 객잔에서 희미한 그림자 두 개가 빠져나갔다.

그 속도가 어찌나 빠른지, 울타리 위에 앉아 있던 새도 눈치채지 못할 정도였다.

달빛 아래 눈매를 좁히며 객잔을 감시하던 청연도 두 개의 그림자가 빠져나가는 것은 상상도 하지 못했다.

다만 조용히 후각에 집중할 뿐이었다.

만약에 객잔에서 사람이 은신한 상태로 밖으로 나온다면?

모습은 감출 수 있어도 냄새는 감출 수 없었다.

그 냄새를 구별하기 위해서는 그리 힘을 들일 필요도 없었다.

마을의 냄새는 딱 두 가지로 갈렸다.

한 가지는 평범한 사람의 냄새, 즉 무취를 뜻한다.

또 한 가지는 허혈초에 중독된 사람. 자신의 몸에 배어 있는 혈독의 향취를 풍길 이.

혈독에 중독된 자는 역병에 걸린 줄 알고 집에서 끙끙대고 있을 테니, 혈독의 향기를 풍기는 이는 아군밖에 없었다.

아군을 뺀 나머지 냄새에 집중하는 것은 그리 어렵지 않았다.

일반적인 사람의 체향에만 집중하면 되니 말이다.

청연은 눈도 깜빡이지 않고 객잔을 감시하는 한편, 후각에 모든 공력을 집중했다.

하지만, 그녀는 뒤쪽에서 누군가가 자신을 보고 있다는 것은 꿈에도 생각할 수 없었다.

청연을 바라보는 두 쌍의 눈동자.

그것은 물론 한빈과 설화였다.

적혈맹호대를 비롯한 나머지 인원들은 모두 객잔에서 대기하고 있었다.

이무명은 한빈으로 위장하여 객잔의 앞마당에서 어슬렁거리고 있으며, 나머지 대원들도 몸을 드러낸 채 앞마당에서 술병을 쥐고 있었다.

그렇다고 해서 진짜 술이 들어 있는 것은 아니었다.

적을 방심시키기 위한 위장이었다.

그들은 모두 한빈이 뿔피리를 불면 번개처럼 튀어나올 것이었다.

물론 그것은 최후의 수단.

그런 개싸움이 벌어지기 전에 한빈은 적의 숨통을 끊어 놓기로 했다.

한빈은 손짓으로 설화에게 신호를 보냈다.

'자리를 옮기자, 설화야.'

'네, 공자님.'

둘은 손짓으로 의사를 주고받았다.

순간 둘은 바람 부는 소리만 남긴 채 사라졌다.

사사ㅡ삭.

한빈은 설화와 함께 적의 규모를 살폈다.

생명을 건 혈투에서 가장 중요한 건 지피지기(知彼知己)였다.

나를 아는 것은 지금도 충분하니, 이제 적의 규모를 정확히 알면 계산할 수 있을 것.

적의 병력이 다소 앞선다면, 하루에 끝내는 것이 아닌 간헐적으로 치고 빠지는 것이 유리했다.

하지만 다소가 아닌 우월이란 표현이 적절하다면, 일단 튀는 게 상책이고 말이다.

적의 규모를 살펴본 한빈은 슬그머니 미소를 지었다.

규모는 대략 서른 명.

초절정 세 명에 절정 다섯 명, 나머지는 일류의 고수들이다.

이것은 내공을 기준으로 파악한 것이고.

몸에 쌓은 독이 어느 정도냐 하는 것이 중요하지만, 중독되기 전에 적의 제압하면 그만이었다.

머리카락 한 올까지 모두 맹독이 흐르는 독인은 이제껏 보지 못했으니 충분히 제압이 가능했다.

결론은 상황에 맞게 적을 요리할 수 있다는 것이었다.

문제는 낮에 얼핏 느꼈던 화경의 고수인데, 실수인지 아니면 한빈을 방심시키려는 것인지는 몰라도 이백 걸음 안쪽으로는 그 기척이 느껴지지 않았다.

화경의 고수가 기척을 드러낸다면?

설화와 함께 울타리 쪽으로 몸을 피하면 그만이었다.

지금의 흑사문은 최고의 방패 역할을 하고 있으니 말이다.

한빈은 몇몇 목표물을 바라보며 눈을 빛냈다.

그러고는 조용히 허공을 올려다봤다.

[인급(人級) - 금(金)]

구결을 확인한 한빈은 목표물의 신체에 일렁이는 점을 다시 바라보며 입맛을 다셨다.

저들에게 구결을 취하면 인급 구결 하나가 후딱 완성될 것 같은 예감이 들었다.

한빈에게 저들은 적이 아닌 먹잇감.

여차하면 필요한 구결을 취한 후 튈 생각이었다.

막 목표를 향해 돌진하려던 한빈이 설화를 힐끔 바라봤다.

'뭐지?'

한빈은 헛웃음이 나왔다.

설화도 입맛을 다시고 있었던 것이었다.

이게 요즘 들어 생긴 설화의 버릇이었다.

고의로 그러는지 무심코 그러는지는 몰라도 요즘 한빈을
따라 하고 있는 설화였다.

한빈은 피식 웃은 뒤 설화에게 손짓을 했다.

은신 후 후방에서 엄호하라는 신호였다.

설화가 기척을 완벽하게 지우고 어둠 속으로 사라졌다.

스르륵.

한빈도 초식을 운용했다.

'구걸십팔보.'

'전광석화.'

'백발백중.'

모든 준비를 끝낸 한빈도 스산한 소리와 함께 신형을 감췄
다.

사사삭.

동시에 한빈은 검은 복면을 한 적에게 은침을 날렸다.

달빛 아래 노출된 적이 한빈의 일차 목표였다.

휙, 휙.

네 개의 은침이 정확히 두 명의 적에게 각각 날아갔다.

푹. 푹!

동시에 은침은 적들의 어깨와 목울대에 박혔다.

아혈과 마혈을 제압당한 것이다.

털썩.

둘이 동시에 제자리에서 쓰러지자, 한빈의 신형이 그들의 앞에 나타났다.

눈만 껌뻑이는 흑수대 대원의 앞에 나타난 한빈은 그들에게 귀신처럼 보였다.

하지만, 그들은 그것이 착각이라는 것을 바로 알아챌 수 있었다.

한빈이 둘 중 앞에 쓰러진 흑의인을 보더니 나지막이 말했다.

"눈만 껌뻑여라. 내 말이 맞으면 한 번, 아니면 두 번 껌뻑이면 된다. "

흑의인은 반응이 없었다.

그래도 한빈은 아랑곳하지 않고 질문을 이어 나갔다.

"너희 대장까지 합쳐서 몇 명이지? 서른 명?"

"……."

흑의인은 아무 반응이 없었다.

한빈은 발로 흑의인을 툭 건드렸다.

작은 힘만으로 흑의인은 바닥에 엎어졌다.

문제는 여기에서 생겼다.

한빈이 제압한 것은 사혈은 아니지만, 그것은 적당한 깊이에 적당한 내공을 더했을 때의 이야기였다.

몸이 뒤집힌 흑의인의 목과 어깨에 박힌 은침이, 체중 때문에 그대로 목덜미 뒤와 어깨 뒤쪽으로 뚫고 나온 것이다.

앞쪽은 마혈이지만, 침이 뚫고 나온 것은 가장 통증을 주기에 적합한 혈도였다.

흑의인은 갑자기 몰려드는 고통에 몸을 부르르 떨었다.

강호에서 말하는 분근착골의 고문을 당하는 것이었다.

문제는 한빈이 그에게 더는 기회를 주지 않는다는 것이었다.

엎어 놓은 흑의인에게는 눈길도 주지 않은 채, 두 번째 흑의인에게 걸어갔다.

번개에 맞은 것처럼 거품을 물고 몸을 떠는 동료를 본 두 번째 흑의인은 한빈을 보자마자 쉴 틈 없이 눈을 깜빡였다.

협조하겠다는 표시였다.

한빈은 두 번째 흑의인에게 정확한 인원을 알아낼 수 있었다.

인원은 한빈이 파악하고 있는 것보다 조금 많은 서른여섯 명이었다.

한빈은 떠나며 온전히 하늘을 보고 누워 있는 흑의인의 손을 바라봤다.

독공을 익힌 자가 가장 많이 쓰는 무공의 종류는 무엇일까?

그것은 바로 독장(毒掌)이었다.

가장 큰 면적으로 상대에게 독을 전달할 수 있는 매개체가 바로 손바닥이기 때문이다.

그런 이유로 손을 보면 그들의 성취를 알 수 있었다.

독장을 익힌 자의 특징이 지금처럼 장갑으로 자신의 손을 가리는 것이었다.

저렇게 장갑을 끼면 일반인처럼 생활하는 데 문제가 없으며, 자신의 경지도 속일 수 있기 때문이다.

뭐, 독인(毒人)이라고 하면 누가 그에게 가까이 가겠는가?

희미한 푸른 선이 몇 가닥 보였다.

일반 무공으로 치면 일류의 경지에 발을 들여놓은 독인이었다.

한빈이 자리에서 일어나며 말했다.

"그 은침에 독은 없으니 안심해도 좋다."

"……."

말은 없었지만, 흑의인은 안도의 눈빛을 보냈다.

그 모습에 한빈은 피식 웃었다.

독인이 가장 두려워하는 것은 과연 무엇일까?

그것은 의외로 독이었다.

한빈은 다시 말을 이었다.

"독은 아니고 역병의 피를 묻혀 놨으니 너희도 얼마 지나지 않아 저기 울타리 앞에 있는 자처럼 될 것이야. 그러니 너희 주인에게 죽임을 당할 것인지, 도망쳐서 잠시라도 목숨을 부지할 것인지는 알아서 판단해. 내 설명은 여기까지."

한빈은 나뭇잎 밟는 소리만 남기고 그 자리에서 사라졌다.

사사—삭.

한빈은 그 후 열 명의 흑의인을 같은 방법으로 처리했다.

한빈이 처리한 흑의인은 한마디로 경계조였다.

경계조가 무너진 이상 넓게 퍼져 있는 적들이 한빈을 알아챌 재간은 없었다.

이제 이 퍼져 있는 적들을 하나씩 처리해야 했다.

확인된 적 중 일류의 독인들은 설화가, 나머지는 한빈이 처리하는 것이 계획이었다.

한빈이 손짓하자 설화가 나타났다.

스르륵.

한빈은 객잔의 주변이 그려진 지도를 펼쳤다.

그 속에는 이미 처리한 경계조와 남은 고수들이 표시되어 있었다.

한빈은 그중 설화가 처리할 수 있는 고수들이 있는 곳을 찍었다.

이제는 낮은 목소리로 의사소통이 가능한 상황.

한빈은 설화에게 자세한 작전을 설명했다.

설명을 다 끝낸 한빈은 한마디 덧붙였다.

"만약에 그들이 비명을 지르면 바로 몸을 피해야 한다."

"알았어요, 공자님."

고개를 끄덕이던 설화가 뭔가 생각난 듯 물었다.

"아까 경계조는 왜 안 죽이신 거예요? 공자님."

"죽일 놈과 이용해 먹을 놈은 적당히 나누는 게 이득이야."

"이용하다니요?"

"때로는 살려 두는 게 적에게 더 큰 짐이 될 때가 있어."

"살려 두는 게 이득이라는 말씀인데, 저는 이해가 안 되네요."

"옛 성현들이 쓴 병법서에 보면 이런 질문이 나오지."

"어떤 질문이요?"

"전쟁에서 상대의 전력을 약화하려면 과연 어디를 베어야 할까?"

"단번에 숨통을 끊을 수 있는 심장요? 아니면 생각조차 할 수 없게 머리를요?"

설화가 머릿속으로 상상을 해 본 듯, 자신의 가슴과 머리를 가리켰다.

그 모습에 한빈이 손을 저었다.

"병법서에서 제시한 답은 그게 아니었다."

"그럼 그게 어딘데요?"

"가장 타격을 입힐 수 있는 부위는 다리였다."

"다리라······."

설화는 눈을 깜빡거리며 말끝을 흐렸다.

그 모습에 한빈이 나지막한 목소리로 설명을 이어 나갔다.

"전우를 버릴 수 없으니 부축하겠지. 그럼 부축한 병사는 어떻게 싸울까? 그리고 체력은? 병사 하나의 다리는 동료 세 명의 발을 묶는다는 이야기가 있지. 두 명은 부축하고 한 명은 경계하고."

"아, 그렇군요."

설화는 깨달음을 얻었다는 듯 눈을 빛냈다.

동시에 우혈랑검을 뽑아 들었다.

스릉.

"잠시만 여기 계세요, 빨리 어디 좀 다녀올게요."

말을 마친 설화가 한빈의 눈앞에서 사라졌다.

한빈은 어이가 없다는 듯 사라진 방향을 바라봤다.

설화가 다시 나타난 것은 기침 몇 번 할 시간이었다.

한빈은 설화에게 무엇을 하고 왔느냐 묻지 않았다.

우혈랑검에 묻은 혈흔이 설화가 무엇을 하고 왔는지를 말해 주고 있었다.

아마도 한빈이 처리한 흑의인의 다리를 …….

한빈이 설화의 칼질을 상상하고 있을 때, 설화가 물었다.

"왜 안 물어보세요?"

"우혈랑검을 쓰고 온 거 아니냐?"

"앗, 어떻게 아셨어요?"

"그럼 경계조의 다리를……."

"사람 말고 쥐요. 원래는 빈집에 있는 토끼를 이용할까 했는데……."

설화가 말끝을 흐렸다.

자신 있던 표정이 점점 흐려지더니 고개를 숙였다.

뜻밖의 말에 한빈이 고개를 갸웃했다.

갑자기 쥐는 뭐고 토끼는 뭐란 말인가?

몇 걸음 걷던 한빈이 나지막이 말했다.

"책망하려는 게 아니니, 그냥 편히 말해 봐."

한빈의 부드러운 목소리에 설화는 그제야 고개를 들었다.

"원래는 토끼에게 상처를 내려고 했는데, 불쌍하더라고요. 밥도 못 먹고 있는데 상처까지 입으면 어떻게 해요. 그래서 쥐를 찾았어요."

"쥐라고?"

"네, 제법 많이요. 상처 난 쥐가 사방으로 흩어져서 돌아다니게 만들었어요."

"흠, 쥐라……. 그 이유가 뭐지?"

한빈이 호기심 가득한 눈으로 묻자 설화가 자신 없는 표정으로 말을 이었다.

"아무래도 공자님이 원하시는 게……. 적에게 단순히 짐을 안기는 걸 원하시는 건 아닌 것 같아서요."

"설화야, 너는 내가 원하는 게 뭔지 아니?"

"……."

"그냥, 편히 말해."

"혼란 아닌가요?"

설화의 대답에 한빈이 소리 없이 웃었다.

설화는 초특급 살수답게 이번 초반 작전의 의미를 완벽하게 이해하고 있던 것이었다.

"장식 고맙다."

"장식이라니요?"

"요리의 가격이 무엇에서 갈리는지 아니?"

"맛 아닌가요?"

"물론 맛이지. 하지만 그건 가장 기본적이고, 은자 한 냥짜리 요리인지, 열 냥짜리의 요리인지 갈리는 것은 맛이 아니라 장식이지."

"장식이요?"

"유명한 숙수가 맑은 물에 꽃 하나 띄워 놓으면 가격이 몇십 배 뛰기 마련이지."

"그럼 제 생각을 아신 거네요, 공자님."

"네가 상처를 내 놓은 쥐가 온 동네를 돌아다니며 혈향을 풍길 테니 적도 정신이 없겠지. 네가 한 일은 이번 임무에 있어 훌륭한 장식을 한 거라 생각해, 설화야. 조금 과분한 장식이긴 해도……."

한빈은 웃으며 뒷말을 흐렸다.

시간이 더 중요하다는 말을 생략한 것이다.

한빈은 설화의 창의적인 발상이 마음에 들었다.

어쩌면 설화는 완벽한 살수가 될지도 몰랐다.

생각을 이어 나가던 한빈은 고개를 갸웃했다.

토끼에게 측은지심을 느끼는 설화가 완벽한 살수가 될 수 있을까?

설화가 멀뚱거리며 한빈의 다음 말을 기다리고 있었다.

그 모습에 한빈이 사람 좋은 얼굴로 뒷말을 이었다.

"어쨌든 잘했다는 게 결론이야, 설화야."

"헤헤."

설화가 해맑게 웃자 한빈이 나지막이 말했다.

"다시 시작한다."

사사—삭.

동시에 한빈이 빠르게 사라졌다.

이제부터가 본격적인 수확이었다.

소리 없이 적을 해치우기에는 제법 많은 시간이 걸렸다.

보통 살수나 독인들이 암살을 위해 집단을 조직하게 되면, 경계조와 필살조로 나누기 마련이었다.

일류 독인들로만 구성된 경계조(敬戒組)에 비해, 상대의 숨통을 끊으려는 필살조(必殺組)는 고수로 구성되어 있는 법.

조금 더 세심한 손길이 필요했다.

하지만, 그들도 한빈의 손길을 벗어나지는 못했다.

그 결과가 지금 눈앞에 떠 있다.

[용안(龍眼)으로 구결을 확인합니다.]

[인급(人級) 구결 각(殼)을 획득하셨습니다.]

[인급(人級) – 금(金), 각(殼)]

기본편의 구결을 모두 채우는 동시에 인급 구결도 하나 획득했다.

설화가 일류 독인들을 해치우고 있으니, 이제 한빈이 상대해야 할 적은 초절정 독인 둘이었다.

한빈은 초절정이라 생각되는 흑의인을 바라봤다.

동시에 일촉즉발의 수법을 사용했다.

한빈의 몸이 화살촉처럼 앞으로 튀어 나갔다.

월아에 맺힌 푸른 검기가 상대의 심장을 꿰뚫었다.

"헉!"

상대는 낮은 비명을 터뜨리며 꼬꾸라졌다.

털썩.

순간 옆에 있는 다른 흑의인이 고개를 돌렸다.

한빈은 조금의 망설임도 없이 월아를 횡으로 그었다.

동시에 흑의인의 머리가 몸통을 떠났다.

털썩.

데구루루.

머리가 바닥에 뒹굴자 스산한 바람을 타고 혈향이 퍼지기 시작했다.

하지만, 한빈은 아무렇지도 않게 허공을 바라보며 구결을 확인했다.

[용안(龍眼)으로 구결을 확인합니다.]

[인급(人級) 구결 선(蟬)을 획득하셨습니다.]

[인급(人級) – 금(金), 각(殼). 선(蟬)]

이제 세 개의 인급 구결이 모였지만, 아직 갈 길은 멀었다.

한빈의 손 속은 이번만큼은 가차 없었다.

그 기준은 간단했다.

바로 그들의 체취에 풍기는 혈향 종류였다.

풍기는 혈향으로 보아, 방금 목숨을 거둔 두 독인의 손에 죽은 장운현의 사람이 꽤 될 것이 분명했다.

강호에서 손에 피 한 방울 안 묻힌 자가 어디 있겠느냐만은, 무공을 모르는 이들을 한 줌 핏물로 만드는 자들까지 살려 두어 이용할 필요는 없었다.

이용할 자는 이미 마혈을 제압해 놓은 자들만으로도 충분했다.

한빈은 주변을 둘러봤다.

지금은 적당하게 기척을 풀어놓고 적을 제거했다.

초절정의 고수라면 느끼지 못할 테고, 화경의 고수라면 한빈의 기척을 알아챘을 것이었다.

그런데 화경의 고수는 나타나지 않았다.

팔선 중 하나라면 분명 상대는 화경의 고수.

그런데 모습을 나타내지 않는다라?

수하들에게 이곳을 맡겨 놓고 다른 중요한 일을 처리하고 있는 것일까?

아니면 함정일까?

뭐, 둘 중 어떤 경우라도 좋았다.

한빈은 이제 팔선 중 하나를 제외한 고수를 처리해야 했다.

한빈은 다시 기척을 죽였다.

사사삭.

한빈이 기척을 죽이며 목표를 향해 다가가고 있을 때였다.

제법 먼 곳에서 기척이 느껴졌다.

아무래도 오늘 밤에는 구결 말고 더 중요한 것을 얻을 것 같은 느낌에 한빈이 입꼬리를 올렸다.

'머리가 모습을 드러내다니……. 운이 좋네.'

속으로 쾌재를 부른 한빈은 은신을 풀고 목표를 향해 천천히 걸어갔다.

객잔에서 적이 나오기만을 기다리던 청연은 고개를 갸웃했다.

혈향이 바람에 실려 날아왔기 때문이다.

수상한 느낌에 주변에 신호를 보내려는 순간이었다.

그녀의 옆으로 토끼가 깡충깡충 뛰어서 지나갔다.

피를 흘리며 가는 토끼.

집에서 기르는 토끼 같은데, 아무래도 주인을 잃고 나왔다가 상처를 입은 것 같았다.

아마 혈향은 저 토끼에게서 흘러나온 것 같았다.

청연은 한숨을 내쉬었다.

"휴……."

오늘따라 조금은 따분했다.

저 멀리 객잔의 울타리 안에서는 아직도 술판이 벌어지고 있었다.

청연은 아무리 생각해도 이해가 되지 않았다.

자신이 감시하는 것을 모르더라도, 장운현에 발생된 역병에 대한 소식을 들었을 것이 분명했다.

그런데 저렇게 술판을 벌이고 있다니?

거기에 적혈맹호대의 수장인 하북팽가 사 공자는 거기에 어울려 어슬렁거리고 있었다.

독물에 녹아내려도 될 정신이 나간 집단이었다.

그들이 부르는 노래가 이곳까지 들려왔다.

강호인이라면 누구든지 아는 칼의 노래.

중원을 평정하기 위해 든 칼에 자신의 목이 떨어진다는 우스꽝스러우면서도 슬픈 노래.

전쟁에 참가하는 병사들이 긴장을 풀기 위해 부르는 노래였다.

청연은 그들의 노래에는 전혀 신경 쓰지 않고 하늘을 올려다봤다.

청연은 달을 바라보며 대충 시간을 계산했다.

먼동이 트기까지 남은 시간은 반 시진.

반 시진이 지나면 포위망을 조금 넓히고 지켜보는 것이 맞았다.

흑수대의 수장인 청연이 이렇게 집착하는 이유는 간단했다.

사부인 천독이 돌아오기 전에 성과를 보여 주고 싶었던 것이다.

사부는 잠시 장운현 밖으로 나간 상태.

돌아오기까지는 삼 일의 시간이 있었다.

삼 일이라…….

길다면 길고, 짧다고 생각하면 눈 깜짝할 사이에 지나갈 시간이었다.

청연은 다른 대원들에게 지시를 내리기 위해서 줄을 잡았다.

천잠사 몇 가닥을 꼬아 만든 줄을 잡아당기면, 멀리 떨어진 초소 쪽에서 조그만 방울이 울리는 원리였다.

한 번 울리면 교대, 두 번 울리면 적의 출현을 알리는 신호였다.

그녀가 막 줄을 한 번 당기려는 때였다.

어디선가 휘파람 소리가 들려왔다.

휘이익, 휘!

마치 마부가 말을 부르듯 짧게 울려 퍼지던 휘파람 소리가 점점 바뀌었다.

묘하게 곡조까지 타고 있었다.

심금을 울리는 곡조는 묘하게 객잔에서 부르는 칼의 노래와 어우러졌다.

"뭐지?"

눈매를 좁히며 주변을 두리번거리는데, 눈앞에서 야행복을 입은 괴인 둘이 걸어오고 있었다.

그런데 그 기세가 심상치 않았다.

청연은 갑자기 이상한 생각이 들었다.

포위하고 있는 것은 자신인데, 지금 상황을 보면 꼭 포위당한 기분이 들었다.

청연은 재빨리 줄을 잡아당겼다.

하지만, 어떤 저항도 없이 줄이 딸려 왔다.

휙!

청연은 눈을 크게 떴다.

줄이 끊긴 것이다.

천잠사 몇 가닥을 꼬아서 만든 줄이었다.

웬만한 도검으로는 절대 끊을 수 없는 흑수대의 무기였다.

초절정의 무림 고수 중에 저 천잠사 밧줄에 목이 달아난 자가 몇이던가?

웬만한 보검보다 더 날카롭고 단단한 것이 저 천잠사로 만든 밧줄이었다.

그런데 그 줄이 끊어지다니!

문제는 줄이 끊어지면서 그녀가 있는 쪽에 매달린 방울은 미동도 하지 않았다는 것이다.

거기까지 생각이 미친 청연은 갑자기 공포라는 감정이 등줄기를 타고 스멀스멀 올라오는 것을 느꼈다.

공포감이라는 것이 머리를 잠식하면 나타나는 현상은 보통 두 가지로 나타난다.

도망치거나, 상대를 파악하지 않고 달려들거나.

청연의 경우에는 후자였다.

청연은 재빨리 장갑을 벗고 적을 향해 달려갔다.

순간 그녀의 손에 어린 푸른 독기가 점점 진해지더니 옅은 독 향을 피워 냈다.

보통 사람이라면 그녀가 풍기는 독 향만으로도 정신을 잃었을 것이다.

하지만, 그녀가 지금 마주하고 있는 상대는 다름 아닌 한빈이었다.

청연이 본능적으로 외쳤다.

"누구냐!"

"친구는 아닌 것 같은데? 그렇다고 적도 아니고…….."

야행복을 입은 한빈이 손을 내저었다.

한빈의 태도를 보면 소풍 나온 듯한 분위기였다.

청연은 도무지 이 상황이 이해가 되지 않았다.

터벅터벅 청연을 향해 걸어오던 한빈이 걸음을 멈췄다.

탁.

마치 장벽에 걸린 것처럼 갑자기 멈춘 한빈의 모습에 돌격하던 청연도 동작을 멈췄다.

갑자기 시간이 멈춘 것 같은 광경이 펼쳐졌다.

침 몇 번 삼킬 시간이 지나자 한빈이 외쳤다.

"그만 나오시지요!"

한빈의 외침에도 답하는 이는 없었다.

간간이 객잔 쪽에서 들리는 노랫소리가 전부였다.

한빈이 바라보고 있는 장운현에서 가장 높은 전각이 있는 곳.

한빈의 옆에 있는 설화도 고개를 갸웃했다.

오죽하면 한빈을 보며 독기를 스멀스멀 피우고 있던 청연마저도 시선을 돌렸다.

한빈은 과연 누구를 부른 것일까?

그것이 한빈을 제외한 사람들의 의문이었다.

적인 청연도.

한빈의 옆에 있는 설화도 황당하다는 표정으로 전각을 바라보고 있을 때였다.

전각의 가장 높은 곳에서 웃음소리가 들려왔다.

"하하하!"

내공을 실은 듯한 웃음소리는 마치 바로 앞에 있는 것처럼 선명하게 들렸다.

웃음소리에는 진득한 살 향이 묻어나왔다.

그 잔향이 사라지기도 전에 전각의 가장자리에서 독선 천독이 녹색 장포를 펄럭이며 나타났다.

그 모습에 놀란 것은 한빈이 아니라 청연이었다.

"사부님."

그도 그럴 것이 자신의 사부 천독은 며칠 후에나 돌아온다고 했다.

그런데 이렇게 모습을 드러내니 이해가 되지 않았던 것이다.

청연이 눈을 크게 뜨고 있을 때, 천독은 녹색 장포를 펄럭이며 건물 사이를 건너뛰어 다가왔다.

얼굴이 보일 정도로 가까워지자 천독이 웃었다.

"하하, 고생했구나, 청연아."

"사부님, 이게 어떻게 된 일인지요?"

"너구리를 잡으려면 불을 지피라는 말이 있지."

"그게 무슨 말입니까?"

"내가 원하는 것은 바로 저놈이다. 이제부터 저놈을 잡아 역병을 다스리는 방법을 알아낼 것이다. 그때는 내 별호가 독선 천독이 아닌 독선 만독이 되겠지, 하하."

천독은 마치 주변에 아무도 없다는 듯 한빈을 무시한 채 제자 청연과 대화를 나누고 있었다.

그때였다.

중간에 웃음소리가 끼어들었다.

"하하."

그 소리는 천독이 내던 내공이 실린 웃음에 비하면 보잘것 없었다.

마치 가을 단풍나무 아래에 떨어진 낙엽만큼이나 하찮았다.

하지만, 그 존재감 없는 웃음의 주인이 문제였다.

천독은 황당하다는 듯 한빈을 바라봤다.

"네놈이 웃을 때이더냐?"

"웃지 않으면 어쩝니까?"

"뭐가 웃기더냐?"

"적을 앞에 두고 사제지간의 해후라니, 하품이 날 것 같습니다. 그리고 아까부터 보고 있을 텐데, 죽어 가는 부하들은 왜 그냥 놔뒀습니까?"

질문을 던진 한빈은 힐끔 청연 쪽을 바라봤다.

한빈의 질문에 반응한 것은 역시 청연이었다.

"저게 무슨 말입니까, 사부님? 저자가 말한 부하가 흑수대라는 말인가요? 그렇다면……."

말끝을 흐린 청연은 주변을 둘러봤다.

적의 등장과 사부의 웃음소리.

연이어 난 소란에도 흑수대의 반응은 없었다.

청연이 다시 말했다.

"말씀해 주십시오, 사부."

그녀의 목소리는 살짝 떨렸다.

흑수대는 청연의 전부였다.

그들은 몸속에 흐르는 피와도 같았다.

하지만, 천독은 감정 없이 메마른 목소리로 답했다.

"저자의 말대로다. 흑수대는 이제 없다."

"그게 무슨 말입니까?"

"나한테 물어볼 게 아니라 저자에게 물어봐야 할 것이 아니냐? 그리고 수하들을 잃은 수장에게 자격이 있을까?"

"사부."

"내 밑에 있고 싶다면 그 자격을 증명해라."

천독의 목소리에는 내공이 실려 있었다.

누가 보기에도 화경의 고수.

그때 한빈이 다시 끼어들었다.

"살릴 수 있는 수하를 그냥 죽도록 놔둔 자가 할 소리는 아니군. 수하를 미끼로 던져둬 놓고 나서 자격을 증명하라니, 네가 그러고도 사람이냐?"

"허허, 네 의술을 높이 여겨 거두려 했는데, 혀에 가시가 있구나. 네놈의 혀부터 뽑아 줘야 할 것 같구나."

"뽑으려면 뽑으시지. 그래도 할 말은 해야겠다. 물에 빠진 수하를 구하지 않은 상관이 있다면 물을 원망해야 할까? 아니면 상관을 원망해야 할까?"

"네놈이……."

독선은 말을 잇지 못하고 눈가를 파르르 떨었다.

이후에도 차 한 잔 마실 시간 동안이나 둘의 설전은 이어졌다.

옆에서 대화를 듣던 설화는 기가 찼다.

분명 적을 처치한 것은 한빈과 자신.

그런데, 한빈의 논리에 의하면 정작 나쁜 놈은 천독이었다.

그 논리가 어찌나 그럴듯한지, 설화도 고개를 끄덕이고 있었다.

고개를 끄덕이던 설화가 옆을 힐끔 봤다.

자신뿐 아니라 적으로 맞선 청연이라는 독인조차 한빈의 말에 수긍하는 눈빛이었다.

그 결과 분노의 눈빛을 청연의 사부인 천독에게 흘리고 있었다.

천독이란 자도 바로 한빈을 치지 않고 논리에 반박하려 애쓰고 있었다.

마치 입으로 무공 대결을 하는 것처럼 보였다.

입으로 무공을 논한다면 자신이 모시는 한빈은 화경의 끝인 십이 경의 수준이라고 해도 될 것 같았다.

한빈과 논리로 맞서던 천독의 얼굴은 화를 억누르지 못한 듯 벌겋게 달아올랐다.

지금은 벌게진 것을 넘어서 검푸른 색을 띠고 있었다.

그것도 잠시 천독이 표정을 수습하고 외쳤다.

"혀에 마귀가 씐 놈이로고! 내 특별히 네 혀를 잘라 그 위에 글자를 새겨 주마!"

말을 마친 천독은 손뼉을 쳤다.

짝!

그 소리에 주변에 사악한 기운이 퍼졌다.

곧 기운이 퍼지며 한빈과 천독을 중심으로 하여 삼백여 장밖으로 연기가 피어났다.

보통 굴뚝에서 볼 수 있는 희뿌연 연기가 아닌, 녹색 연기가 줄기줄기 피어오르고 있었다.

그 연기가 한빈과 설화의 퇴로를 막고 있었다.

물론 흑사문이 방패 역할을 하고 있는 객잔 쪽은 빼고 말이다.

한빈은 힐끔 그곳을 보며 말했다.

"독연이네. 녹색을 띠는 거 보면 저 독 엄청 비싼 건데. 준비 많이 했나 봐, 늙은이."

"네놈의 웃음도 여기까지다."

피식 웃은 천독이 다시 손뼉을 쳤다.

짝짝!

이번에는 두 번. 그 신호에 맞춰 연기를 뚫고 복면을 한 독인들이 달려오기 시작했다.

한빈이 해치웠던 흑수대와는 달랐다. 그들의 옷은 모두 녹색이었다.

녹색은 천독이 생각하는 독의 가장 순수한 색이었다.

그들은 천독이 키운 초특급 독인인 천인천독대였다.

여기서 '천인'의 의미는 그들 하나가 능히 천 명을 상대할 수 있다고 해서 붙인 이름이었다.

아무리 고수라도 천 명을 상대한다?

일반 무인이라면 불가능하다.

하지만, 독인이라면 다르다.

독 하나로 백 명의 고수를 녹일 수 있는 것이 독공의 세계였다.

천인천독대를 본 한빈이 눈매를 좁혔다.

독선의 존재는 몰라도, 전생에 천인천독대와 마주한 적이 있기 때문이었다.

앞에는 천독.

뒤에는 천인천독대.

사실 천인천독대의 등장은 한빈의 계산에서 어긋난 것이었다.

원래대로라면 청연이라는 독인과 천독 사이에 자중지란을 일으켜 어부지리를 얻으려는 것이 계획이었다.

한빈이 재빨리 손가락을 튕겼다.

딱!

설화가 한빈을 바라보자 한빈이 외쳤다.

"삼!"

동시에 설화가 사라졌다.

삼은 삼십육계 줄행랑을 실시하라는 신호였다.

설화가 다시 나타난 것은 객잔의 울타리 쪽이었다.

그곳에서 설화는 아무렇지 않게 쪼그리고 앉아 천독이 있는 곳을 바라보고 있었다.

설화의 옆에는 흑사문의 장대찬이 있었다.

그는 말도 안 되는 광경에 목을 빼고 한빈과 천독의 대화에 귀 기울이고 있는 중이었다.

장대찬은 그들의 대화에서 천독이 장운현의 사람들을 몰살시키려는 독인임을 알았다.

대충 분위기를 보니, 장운현에서 난 역병도 그들의 짓 같았다.

자신을 이렇게 만든 한빈과 죄 없는 장운현의 사람들을 죽이려는 천독.

둘 중 과연 누가 악인일까?

장대찬이 보기에는 둘 다 똑같은 악당이었다.

물론 사파인 장대찬이 할 말은 아니었지만 말이다.

하지만, 자신도 모르게 한빈을 응원했다.

한빈이 지면, 자신도 한 줌 핏물이 될 것 같았기 때문이었다.

설화가 빠져나가자 한빈은 품속에서 붉은색 천 하나를 꺼내 입을 중심으로 얼굴을 꽁꽁 싸맸다.

한빈이 입을 가리는 데 사용한 천은 천산 백년설삼의 잎으로 만든 것이었다.

여기에 남해에서 나는 진귀한 산호의 진액을 뽑아 천에 입힌 상태.

물론 천리 표국을 통해서 미리 구해 놓은 물건이었다.

피독주만으로는 부족할 것 같아서 구해 놓은 건데, 때마침 상대가 독연을 피우니 급하게 꺼낸 것이다.

한빈의 대응을 본 천독은 기가 막힌지 헛웃음을 터뜨렸다.

"네놈의 정체가 무엇이더냐??"

"혀가 긴 건 내가 아니라 늙은이잖아! 왜 자꾸 바쁜 사람한테 말을 걸어? 나도 내 일을 할 테니 늙은이도 마저 하던 일해, 말 시키지 말고."

한빈의 빈정대는 말투에 노한 천독이 외쳤다.

"쳐라!"

그 목소리에 맞춰 먼저 반응한 것은 한빈이었다.

사사삭.

천독의 앞에서 한빈은 봄날 눈 녹듯 사라졌다.

천독은 설화가 사라진 곳을 바라봤다.

그곳으로 도주했다 생각해서였다.

하지만, 설화가 있는 곳에는 역병에 걸린 무리만 득실댈 뿐 한빈은 없었다.

천독은 재빨리 주변을 살폈다.

독연이 주변을 덮고 있기에 목표를 찾기에는 다소 어려움이 따랐다.

그때 어디선가 목소리가 들렸다.

"자충수!"

공력이 실린 목소리였다.

천독이 외쳤다.

"네놈, 실력을 숨기고 있었구나!"

"……."

하지만, 한빈은 더는 대답하지 않았다.

그것도 잠시, 한빈의 목소리 대신 비명이 들려왔다.

"악!"

비명이 나는 쪽으로 고개를 돌려 봤다.

그곳에는 녹색 무복을 입은 천인천독대의 독인이 쓰러지고 있었다.

마치 바람에 부러진 수수깡처럼 꺾이고 있었다.

침 몇 번 삼킬 시간이 지날 때 다시 비명이 울려 퍼졌다.

"악!"

그들의 비명은 일정한 간격으로 이어졌다.

얼마나 일정한지 박자를 맞추는 것만 같았다. 마치 칠현금에 맞춰 예인이 노래를 부르는 것과 같은 착각이 들 정도였다.

반면, 한빈은 지금 상황을 마치 물 만난 물고기처럼 즐기고 있었다.

만약 천독이 단독으로 달려들었으면 더 상대하기 어려웠을 것이었다.

그런데 다수의 부하를 한빈에게 보내는 바람에, 한빈의 구결십팔보와 전광석화가 빛을 발하고 있었다.

단순한 빛이 아닌, 눈이 부셔서 안 보일 정도의 빛 말이
다.

실제로 한빈은 녹색 연기 속에서 완벽하게 자취를 감출 수
있었다.

경공술의 빠름과 반박귀진의 은밀함이 완벽한 조합을 이
룬 것이다.

한빈은 조용히 새로 나타난 글귀를 확인했다.

[용안(龍眼)으로 구결을 확인합니다.]

[인급(地級) 구결 탈(脫)을 획득하셨습니다.]

[인급(人級) - 금(金), 각(殼). 선(蟬), 탈(脫)]

마지막 조각을 맞춘 한빈은 천독의 눈을 피해 초식을 확인
하고 있었다.

[흩어진 용린검법의 구결 중 하나의 초식을 완성했습니다. 초식이 활
성화됩니다.]

[인급(人級) 초식 금선탈각(金蟬脫殼)을 획득하셨습니다.]

[금선탈각(金蟬脫殼) - 용린검법의 초식 중 이형환위의 수법에 해당합
니다. 금선탈각을 시전 시 껍데기만 남긴 채 원하는 곳으로 이동할 수 있
습니다. 열두 시진마다 한 번 사용 가능합니다. 필요 공력 오 년.]

그때였다.

천독이 다시 박수를 쳤다.

짝짝짝!

안개를 만들고 있는 독연을 걷으라는 신호였다.

천인천독대의 독인들이 분주히 움직일 때, 다시 소리가 들려왔다.

짝짝!

천독이 내는 손뼉 소리와 마찬가지로 비슷한 공력이 실린 소리였다.

물론 이것은 한빈이 내는 소리.

한빈은 천독의 소리마저 똑같이 흉내 내고 있었다.

기가 막힐 노릇이었다.

천독은 재빨리 독연을 만드는 화로를 손수 뒤집었다.

급한 김에 뒤집었지만, 그곳에 담긴 독물의 가치는 능히 황금 열 냥 이상이었다.

어느 정도 안개가 걷히자 처참한 광경이 고스란히 드러났다.

천독은 눈을 부릅뜨고 주변을 바라봤다.

그의 관자놀이에 돋아난 힘줄이 뱀처럼 꿈틀댔다.

녹색 무복을 입은 천인천독대의 독인들이 여기저기 널브러져 있었다.

어떤 독인은 몸이 반대로 꺾인 채 신음을 흘리고 있었고,

어떤 독인은 얼굴이 녹아내리고 있었다.

천독은 독인의 아랫배를 유심히 봤다.

그의 예상대로 독인들의 아랫배에는 피가 흐르고 있었다.

"그랬군."

천독은 허탈한 표정으로 혼잣말을 뱉었다.

상대는 독인을 어찌 상대해야 할지를 너무 잘 알고 있었다.

독인이 독을 다스리는 원리는 무엇일까?

신체가 독에 단련되어야 하는 것이 기본이지만, 그것에 앞서 내공으로 독을 차단할 수 있는지가 가장 중요했다.

만약 내공이 없다면?

즉, 신체가 녹아내렸다는 것은 단전이 파괴되었다는 이야기.

단전이 파괴된 독인은 자신이 쓰는 독도 다스리지 못하기 마련이다.

그런 이유로 피떡이 된 것이었다.

참담한 광경을 본 천독은 이를 바득 갈았다.

이들은 자신이 힘들여서 키운 독인들이었다.

이들 중에는 나중에 천독의 칭호를 물려받을 촉망받는 인재도 있었다.

천독은 이 모든 일이 자신의 불찰이라 생각했다.

만만치 않으리라 생각하고 흑수대를 미끼로 썼건만, 돌아온 것은 흑수대와 천인천독대의 전멸이었다.

만약 자신 혼자 나섰다면?

미꾸라지 같은 놈도 못 잡았겠지만, 피해도 없었을 것이었다.

이것은 무력에서 진 것이 아니었다.

천독은 노기가 폭발한 듯 소리 질렀다.

"썩을!"

무력의 차이가 아닌 지략에서 졌기에 더 분한 것이었다.

완벽하게 옭아 넣었다고 생각했는데, 미꾸라지처럼 빠져 나가 상어처럼 자신의 수하들을 찢어 놓았다.

천독은 감정을 주체 못 하고 독기를 방출했다.

독기(毒氣)인지 노기(怒氣)인지 모를 기세에, 주변의 풀들이 생명을 잃어 간다.

분노에 찬 천독이 진정한 독인의 모습을 드러냈다.

하지만 어디에도 한빈의 모습은 보이지 않았다.

천독은 허리 부근의 흑색 검집을 잡았다.

독이 아닌 힘으로 한빈을 누르기로 결심한 것이었다.

스르릉.

검을 뽑자 칠흑보다 어두운 분위기를 내는 검신이 모습을 드러냈다.

천독이 내공을 실어 외쳤다.

"내 검은 독아(毒牙)라 한다! 세상의 빛을 흡수해서 독으로 만들지. 네가 사내라면 모습을 드러내라! 그리고 내 검에 당당히 맞서거라!"

천독의 도발에도 주변은 고요했다.

천독은 쓰러진 자신의 수하들 사이를 누비며 한빈을 찾았다.

그의 미간에 골짜기가 파였다.

그나마 헐떡이던 수하들마저도 움직임을 멈춘 것이다.

이제 수하 중에 숨이 붙어 있는 자는 없었다.

천독의 노기가 하늘을 찔렀다.

"이놈!"

천독이 한 바퀴 돌며 기세를 뿜어낼 때였다.

갑자기 뒤에서 묘한 바람을 느꼈다.

한동안 느껴 보지 못한 불길한 느낌이 천독의 뇌를 자극했다.

천독은 재빨리 자리를 피했다.

파박.

하지만, 묘한 소리가 천독의 귓전을 때렸다.

푹!

자리를 벗어나 고개를 돌려 보니 그곳에는 녹색 무복을 입은 한빈이 웃고 있었다.

입에 호선을 그린 채 손에 단검을 들고 있는 한빈.

한빈의 모습을 본 천독은 지금 상황을 대충 이해할 수 있었다.

독 안개 속에서 독인을 해치운 후, 옷까지 빼앗아 입고 죽은 척 누워 있다가 기습을 한 것이다.

비겁하게 독을 쓰는 천독이었지만, 한빈의 얄팍한 행동은 도저히 참을 수 없었다.

천독은 자신도 모르게 외쳤다.

"비열한 놈 같으니라고!"

"죄 없는 사람들을 몰살시키려고 했던 네가 할 말은 아니지."

한빈이 웃으며 답하자 천독이 물었다.

"네가 정녕 무인이더냐?"

"나 무인 아닌데."

한빈이 어깨를 으쓱하자 천독이 노한 표정으로 외쳤다.

"무인이 아니라……. 그럼 대체 뭐 하는 놈이라는 말이냐!"

"쓰레기 치우는 사람."

"네놈이…….."

천독의 말이 끝나기도 전에 한빈은 재빨리 입을 열었다.

"그러는 너는 무인이냐? 머리가 있으면 생각해 봐! 서른 명이 나 하나를 다구리 놓은 게 비겁한 건지, 아니면 서른 명의 무시무시한 독인을 상대로 살아남으려고 죽은 척하는 게 비겁한 건지."

한빈이 턱으로 주변을 가리켰다.

천독은 어이가 없었다.

하지만, 반박할 말이 딱히 떠오르지 않았다.

서른 명이 하나를 죽이려고 달려든 것도 맞았기 때문이다.

물론 한빈의 논리에는 가장 큰 허점이 있었다.

그것은 한빈이 독 안개가 자욱한 이곳을 누비며 천인천독대를 모두 섬멸할 강함을 지니고 있다는 점이었다.

그런 자가 살아남기 위해 죽은 척했다고 하니, 천독의 입장에서는 황당했다.

천독은 너처럼 강한 놈이 할 말이냐고 따지고 싶었지만, 그 말은 할 수 없었다.

상대의 강함을 인정하기는 싫었기 때문이었다.

천독은 잠시 한빈을 바라봤다.

'잡을 수만 있다면……'

진심이었다.

한빈이 무서운 것은 빠른 발과 독을 파훼하는 치밀함 때문이지, 그의 검이 아니었다.

게다가, 한빈을 여기서 살려 보낸다면 분명 후환이 될 것이라 천독은 판단했다.

천독은 결심한 듯 외쳤다.

"내 모든 것을 바쳐서라도 이곳을 네놈의 무덤으로 만들겠다!"

말을 마친 천독의 기세가 다시 변했다.

기세뿐이 아니었다.

천독의 백발이 점점 녹색으로 변하기 시작한 것이다.

정수리에서 내뿜는 독기 때문인지, 마치 삼화취정을 이루는 것처럼 머리 주변에 세 개의 자그마한 꽃을 만들어 냈다.

이것은 화경에 든 독인만이 만들어 낼 수 있다는 독화(毒花)!

자신의 경지를 완벽하게 드러낸 것이었다.

변화는 거기에서 그치지 않았다. 피부까지 점점 녹색으로 변했다.

진정한 독인으로 변해 가는 과정이었다.

이것은 천독이 궁극적으로 추구하는 만독지체.

모든 공력을 독기로 바꾸는 것이다.

단전 속에 꿈틀대는 내공이 독의 성질을 품기 시작했다.

물론 천독이 만독지체를 유지할 수 있는 시간은 한 시진이었다.

그것이 지금 그의 한계였다.

만약 한 시진이 지난다면?

거기까지 생각할 필요는 없었다.

한 시진이 아니라 단 일각만 지나도, 상대는 천독의 손에 녹아 핏물이 되어 있을 테니 말이다.

조금씩 변하는 천독의 모습에 한빈이 월아를 뽑았다.

월아가 검신을 반쯤 드러내 놓았을 때였다.

한빈의 눈이 한계까지 커졌다.

"음."

낮게 깔리는 한빈의 침음성.

한빈에게 천독이 일으키는 외모의 변화는 눈에 들어오지도 않았다.

단지 그 변화와 함께 나타난 일렁이는 점이 눈에 들어올 뿐이었다.

문제는 그 점이 이제껏 본 적이 없는 색을 띠고 있다는 점이었다.

녹색 장포 속에 나타난 진청색 구결은 더욱 도드라져 보였다.

'뭐지?'

의문도 잠시, 새롭게 나타난 구결을 얻게 되면 한 단계 앞으로 나아갈 수 있을 것 같은 확신이 들었다.

쿵쿵.

한빈의 가슴이 뛰기 시작했다.

한빈은 지금 자신이 독인 중 열 손가락 안에 드는 천독과 싸우고 있다는 것도 잊은 채 입맛을 다셨다.

고민은 필요 없었다.

길거리에 황금이 떨어져 있다면 먼저 줍는 놈이 임자가 아니던가?

한빈에게는 구결이 바로 황금이었다.

주인이 황금을 주머니에 다시 넣기 전에 취해야 했다.

한빈이 재빨리 용린검법의 초식을 떠올렸다.

'일촉즉발.'

'쾌검난마.'

'전광석화.'

월아와 하나가 된 한빈이 눈 깜짝할 사이에 천독의 앞에 나타났다.

천독은 한빈의 공격에 할 말을 잃었다.

만독지체로 신체를 바꾸는 과정에는 시간이 걸렸다.

아무리 생사결이라 할지라도 일대일 승부 상황에서는 서로에 대한 예의라는 것이 존재하기 마련이었다.

상대가 초식을 준비하는 과정에 뛰어드는 것은 어찌 보면 무례에 가까웠다.

거기에 더해 천독이 피부로 뿜어내는 독기는 보기만 해도 섬뜩한 기세를 풍기고 있었다.

방금 천인천독대가 뿜어내었던 독 연기와는 다른 차원의 독이었다.

피부에 닿기만 해도 썩어 문드러질 독성을 담고 있었다.

그런데 이렇게 달려든다고?

지금 혈맥 곳곳에 담겨 있는 내공을 독기로 전환하는 과정에서, 상대가 뻗어 오는 검은 위협적이었다.

아직은 천독이 전환된 독기를 갈무리하지 못한 상태.

이것은 번개가 내리치는 상황을 상상해 보면 간단했다.

검객이 누군가를 찌르고 그 상황에서 누군가의 머리 위로 번개가 내리친다면?

그 누군가도 멀쩡하지 못하겠지만, 검을 든 검객의 몸도 과연 멀쩡하겠는가?

즉 지금 상황에서 천독은 찔린 상태에서 번개에 맞은 누군가.

한빈은 번개에 맞은 사람을 찌른 검객이었다.

필연적으로 동귀어진의 상황이 펼쳐질 것이었다.

천독은 생각을 이어 나가지 못했다.

따끔한 감각이 쇄골을 통해 뇌에 전달되었다.

최악의 일이 벌어진 것이다.

하필이면 적의 검이 박힌 곳은 마혈이었다.

조금만 더 들어온다면, 마혈을 제압당해 꼼짝 못 할 것이었다.

그 후 일은 불 보듯 뻔했다.

독기가 주체를 못 하며 사방으로 뿜어져 나가기 시작했다.

이대로라면 예상대로 상대와 천독 둘 다 녹아내릴 것이 분명했다.

천독은 이를 악물었다.

쇄골로 들어오는 검날을 움켜잡았다.

차라리 심장을 찔렀다면 독기로 튕겨 낼 수 있을지 몰랐다.

목을 찔렀어도 마찬가지였다.

화경의 고수가 와도 독기로 공격을 튕겨 낼 수 있었다.

그런데 하필이면 가장 허술한 부분을 찌른 것이었다.

'저놈은 과연 내 약점을 어떻게 알았을까?'

하지만, 지금은 의문을 떠올릴 때가 아니었다.

천독은 재빨리 전음을 보냈다.

청연아!

하지만, 전음을 받은 청연은 머뭇거렸다.

흑수대가 전멸했다는 상황에 충격을 받은 것이다.

그것도 잠시, 머뭇거리던 청연이 천천히 움직이기 시작했다.

한편 멀리서 대결을 지켜 보고 있던 설화는 말아 쥔 주먹을 더욱 꽉 쥐었다.

한빈의 지시는 간단했다.

삼십육계 줄행랑을 실시하면 울타리 쪽에서 대기하라는 것이 전부였다.

물론 그 지시의 앞에는 절대라는 단어가 붙었다.

절대라는 수식어를 붙인 이유를 설화는 알고 있었다.

자신이 저 대결에 끼어들면 짐이 될 것이 분명했다.

저런 무지막지한 독을 감당할 능력이 설화에게는 없었다.

그런 무지막지한 독을 지니고 있는 천독과 맞서 싸우는 한빈의 무위에 설화는 놀라고 있었다.

한빈이 저 정도로 선전하리라고는 생각도 못 했던 것이다.

지금 한빈과 천독은, 손바닥을 맞대고 내공을 겨루는 고수처럼 서로 눈도 깜빡이지 않고 있었다.

자세히 보니 검을 상대의 쇄골에 꽂아 넣은 한빈과, 그 검날의 끝을 움켜쥔 천독 사이에는 검은색 진기가 흐르고 있었다.

"저건 혹시 독기?"

설화는 이를 악물었다.

끼어들고 싶지만, 자제하고 있는 것이었다.

하지만, 서서히 한빈과 천독 쪽으로 걸어가는 청연의 모습을 본 설화는 자제력을 잃었다.

설화는 자신도 모르게 벌떡 일어났다.

그러고는 옆에 있는 장대천을 바라봤다.

정확히는 장대천이 아니라 그의 허리 부근에 매달린 검을 말이다.

"아저씨, 이것 좀 빌릴게요."

"지금 뭐……."

장대천이 대답을 하기도 전에 설화는 그의 허리에서 검을 낚아챘다.

휙.

"잠시만……."

장대천이 말릴 틈도 없이 설화의 신형이 사라졌다.

사사삭.

한빈은 묘한 상황에 눈매를 좁혔다.

일촉즉발의 수법으로 월아를 상대에게 적중시켰지만, 자 칫 잘못하면 목숨이 날아갈 판이었다.

검을 상대의 쇄골에 박아 넣는 순간.

상대가 펼친 독기에 감전된 듯 몸이 굳었기 때문이다.

독기는 월아를 타고 한빈의 몸에 흘러들기 시작했다.

그때 허공에 용린검법의 비급이 나타났다.

동시에 기본편이 펼쳐졌다.

회복을 나타내는 속성인 복(復)의 구결도 하나둘씩 줄어들 기 시작했다.

한빈은 기본편의 속성이 나타난 이유를 알 것 같았다.

비급은 한빈의 몸 상태를 보여 주고 있는 것이었다.

한빈은 기본편의 속성을 유심히 보았다.

만일 복(復)의 속성이 모두 없어진다면 상대의 독에 녹아내 릴 수도 있을 터.

그때에는 기사회생의 초식이라도 써야 할 판이었다.

하지만 무심하게도, 눈 깜짝할 사이에 회복의 구결이 열 개로 줄어들었다.

한빈이 기사회생의 초식으로 시간을 벌어 볼까 했을 그때였다.

쇄골에 박힌 한빈의 검 끝에 남아 있는 진청색 점이 눈에 들어왔다.

'그러고 보니, 아직 구결이…….'

한빈은 이를 악물고 월아를 밀어 넣었다.

쓱.

순간, 기본편이 반짝이기 시작하더니 갑자기 글귀가 나타났다.

[용안(龍眼)으로 구결을 확인합니다.]

[지급(地級) 구결 근(近)을 획득하셨습니다.]

'지급(地級)이라고?'

놀라움이 가시기도 전에 다시 글귀가 이어졌다.

넌 누구냐?

[최초로 지급(人級) 초식을 획득하셨습니다. 지급 초식의 최초 획득으로 용혈지체에 한 걸음 더 다가섰습니다. 특전으로 기본편의 수준이 한 단계 상승합니다.]

[기본편이 실력편으로 변경됩니다.]

그 글귀와 함께 비급이 반짝이기 시작했다.

그러고는 기본편이라는 제목이 스르륵 사라지더니 그곳에 새로운 제목이 나타났다.

[실력편(實力編)]

[담을 수 있는 속성이 늘어납니다. 속성의 한계가 늘어납니다.]

한빈이 눈매를 좁혔다.

[실력편(實力編)]
[……]
[복(復) : 사십(四十)]
[심(心) : 이십(二十)]

파혼검을 전해야 늘어나는 심의 속성을 제외하고 모두 사
십 개가 되었다.
원래 열 개였던 심의 속성은 열 개가 더 늘어 이십 개가 되
었다.
전체적으로 한계가 열 개씩 늘어난 것이었다.
이어서 다음 글귀가 나타났다.

[실력편의 깨달음으로 일각(一刻) 동안 속성이 줄어들지 않습니다.]

한빈의 눈이 커졌다. 속성이 줄어들지 않는다는 이야기는
일각(십오 분) 동안 공력을 무한대로 쓸 수 있다는 이야기였다.
천독에게 남아 있는 구결은 아직 다수.
잘하면 지급 구결을 완성할 기회였다.
하지만, 몸을 움직이려던 한빈은 낮은 탄성을 흘렸다.
"흠."

묘한 상황에 처해 있다는 것을 알게 된 것이었다.

월아를 타고 줄기줄기 흘러드는 무시무시한 독기.

번개에 맞은 개구리처럼, 한빈의 다리와 팔이 마비된 것이다.

한빈은 후각에 집중하며 천독의 피에 대해 살폈다.

그 결과 한빈은 낮은 한숨을 토해 내야 했다.

"휴……."

천독이 뿜어내는 피는 세상 모든 독을 하나로 뭉쳐 놓은 것과 같았다.

피가 아닌 순수한 독기의 결정체라고 봐야 했다.

독인에게는 선천지기와 마찬가지인 독의 결정체.

한빈이 보기에 천독은 자신의 독기를 제어하지 못하고 있음이 분명했다.

한빈은 시선을 돌려 자신을 살폈다.

'이게 대체……'

한빈의 눈이 커졌다.

천독이 뿜어내는 독기가 한빈의 오른손에 스며들고 있었다.

한빈의 내공만으로는 막을 수 없는 것이다.

검은색으로 변한 피부는 마른 낙엽처럼 언제 부스러져도 이상치 않은 상태가 되었다.

그러나 그것도 잠시, 한빈의 손은 원래 색을 찾기 시작했다.

회복의 속성이 오른손을 원래 상태로 돌려놓고 있는 것이다.

　눈 깜짝할 사이에 똑같은 장면이 몇 번씩 반복된다.

　한빈의 손이 검은색도 살구색도 아닌, 회색으로 보일 정도였다.

　하지만 이대로 가면 앞으로 어찌 될지 모를 터였다.

　공력을 무한대로 쓸 수 있는 것은 불과 일각.

　계속 이 상태가 지속된다면?

　독기에 녹아내려 천독과 살점이 섞일지도 모르는 상황이었다.

　일단은 마비된 팔다리부터 풀어야 했다.

　한빈은 재빨리 초식 하나를 운용하기 시작했다.

　'자승자박.'

　'쾌검난마.'

　동시에 단전에 남은 내공이 소용돌이치기 시작했다.

　자승자박은 이화접목의 수법.

　상대의 힘을 이용해서 일정 부분 피해를 돌려주는 초식이었다.

　자승자박의 초식을 운용하자, 월아를 타고 들어오는 독기의 줄기에 변화가 생겼다.

　줄기가 하나가 아닌 둘이 된 것이다.

　하나는 한빈을 향해 뻗어 오는 것이고.

다른 하나는 한빈이 천독에게 돌려보내는 독기였다.

설마 했는데 독기마저도 돌려보내고 있었다.

일정 부분 독기를 흘려보냈기 때문일까?

오른팔을 제외한 신체에 감각이 서서히 돌아오고 있었다.

그때였다.

한빈은 자신도 모르게 입을 벌렸다.

청연이라 불린 여인이 검을 들고 천천히 한빈 쪽으로 걸어오기 시작한 것이다.

터벅터벅.

빠르지도 느리지도 않은 걸음이었다.

터벅터벅.

이제 불과 열 걸음만 남은 상태.

이렇게 팽팽하게 대치한 상황에서 청연이 검을 휘두른다면?

한빈이 방법을 궁리하고 있을 때였다.

검날 부딪치는 소리가 울렸다.

챙!

청연의 검과 마주한 것은 다름 아닌 설화의 검.

한빈은 시선을 돌려 천독에게 집중했다.

맞붙었던 설화와 청연의 검이 살짝 틈을 만들었다.

둘 다 다음 공격을 위해 공간을 만든 것이다.

잠시 눈빛이 오간 후.

서로를 만만치 않게 느낀 듯, 동시에 서너 발짝 뒤로 물러나 상대를 바라봤다.

타다닥.

설화가 말했다.

"아줌마는 왜 우리 공자님을 해치려는 거예요?"

"아, 아줌마라고……?"

"우리 공자님이 말했잖아요. 아줌마 수하를 해친 건 우리 공자님이 아니라 저 악랄할 할아버지라고요."

"좀 조용히 해 줄래?"

"그냥 물러가면 조용히 하죠, 아줌마."

청연은 미간을 꿈틀하며 설화를 바라봤다.

독공 때문에 실제 나이보다 더 들어 보이긴 해도, 아줌마라는 호칭을 들을 정도는 아니었다.

어찌 보면 외모는 그녀에게는 역린과도 같은 존재.

청연의 얼굴이 붉으락푸르락해졌다.

물론 설화가 이렇게 격장지계를 펼칠 수 있는 것은 한빈에게 받은 영향 때문이었다.

본능적으로 상대방의 약점을 움켜쥐고 머릿속을 헤집어 놓는 것이다.

설화가 최대한 천진난만한 표정으로 말했다.

"우리 공자님이 말해 준 게 있어요."

"······."

갑작스러운 설화의 말에 청연은 말없이 눈을 빛냈다.

설화는 더욱 해맑은 모습으로 말을 이었다.

"진실을 말해 주면 대부분의 사람들이 아줌마 같은 표정을 짓는다던데, 진짜네요."

"나이도 어린 것이 골 때리는구나. 내가 매운맛을 보여 주지."

"골 때리는 게 아니라 뼈 때리는 거겠죠?"

설화는 쉼 없이 입을 놀렸다.

사실 설화도 자신의 입담에 놀라고 있었다.

차라리 검으로 대화를 나눌지언정 이렇게 입을 턴 적은 없었기 때문이다.

흑천에 있을 때 설화는 과묵한 편.

사실 살수의 입이 무거운 것은 당연했다.

그런데 천수장에 오고 나서는 상황이 달라졌다.

흑천에서 지낸 모든 시간을 합친 것보다도 더 많은 말을 토해 냈던 것이다.

뭐, 지금은 더욱 심했다.

마치 자신의 혀가 물레방아가 된 것 같은 착각이 들었다.

설화는 재빨리 정신을 가다듬었다.

지금은 자신의 변화에 놀라고 있을 때가 아니었다.

적의 검에 집중해야 할 때였다.

설화는 이 승부를 빨리 마무리 짓고, 한빈을 돕기로 했다.

가만히 있으라는 한빈의 지시를 어기게 된 김에 적극적으로 돕기로 한 것이다.

설화는 재빨리 한빈에게 배웠던 파혼검의 초식을 사용했다.

설화가 펼치는 것은 오 성의 파혼검으로, 펼칠 수 있는 가장 강력한 초식인 백혼(白魂).

혼을 흐트러뜨릴 정도의 힘을 가진 파혼의 단계는 아니지만, 상대의 혼을 쏙 빼놓을 정도의 힘이 있었다.

설화는 검을 곧게 뻗으며 앞으로 달려갔다.

동시에 마주 선 청연의 검에 변화가 생겼다.

검이 점점 흑색으로 변한 것이다.

진기가 아닌 독기로 만들어 낸 검강이었다.

둘이 내는 발소리가 마치 달리는 사두마차처럼 주변에 울렸다.

타다닥.

둘이 격돌하는 소리가 이어졌다.

챙!

둘이 맞부딪친 순간, 묘한 느낌에 설화는 눈을 크게 떴다.

쩌적!

파혼의 기운이 상대를 누르기도 전에 자신의 검이 버텨 내지 못한 것이었다.

설화는 뒤로 몇 발짝 물러나 앞을 봤다.

하지만 설화가 보고 있는 것은 청연이 아닌 자신의 검이었다.

설화의 검에는 미세하게 금이 가 있었다.

"아, 싸구려였어!"

안타까운 눈빛을 하던 설화는 힐끔 흑사문의 장대찬이 있는 쪽을 바라봤다.

촘촘히 모여서 결투를 구경하던 흑사문의 무리가 점점이 흩어지고 있었다.

설화는 다시 상대를 바라봤다.

동시에 품 안에 있는 우혈랑검을 떠올렸다.

단검이 암살에는 유리하지만, 이렇게 일대일 승부에서는 불리하므로 쓰지 않았다.

그런데 길이는 짧지만, 우혈랑검이라면?

파혼검의 기운을 온전히 버텨 낼 수 있을지도 몰랐다.

설화는 재빨리 손에 쥔 검을 상대에게 던졌다.

휙.

한빈만큼은 아니지만, 설화가 던진 검은 정확히 청연의 머리를 향해 날아갔다.

파공성을 내며 날아오는 설화의 검을 청연이 쳐 냈다.

탕!

순간 검이 두 조각이 나며 반쪽짜리 파편이 청연의 미간으로 튀었다.

청연은 고개를 휙 옆으로 돌리며 파편을 피하는 동시에, 자신의 검으로 설화를 베었다.

쩡!

이상한 소리가 검날에서 울렸다.

순간 묘한 느낌이 검신을 타고 청연의 손에 전해졌다.

마치 수만 근의 바윗덩이를 내려친 것 같은 느낌이었다.

청연의 검은 힘없이 손에서 튕겨 어디론가 날아갔다.

휘리릭!

문제는 손을 타고 전해지는 이상한 감각이었다.

청연은 그것이 작은 흔들림, 즉 진동이라는 것을 겨우 알아챘다.

처음에 손을 타고 들어왔을 때는 미세했던 진동이 혈관을 타고 점점 더 강해졌다.

그 진동이 향한 곳은 다름 아닌 청연의 머리.

청연의 머릿속은 망치로 두들겨 맞은 것처럼 멍해졌다.

순간 단검이 청연의 목 쪽으로 날아왔다.

청연은 이를 악물고 검집을 들어 단검을 막았다.

팡!

청연의 검집과 설화의 우혈랑검이 마주치며 어마어마한 파공성을 냈다.

둘 사이에 진천뢰가 터진 듯한 충격파가 터져 나왔다.

하지만, 충격받은 쪽은 청연 하나였다.

청연이 달걀이라면, 설화는 바위였다.

즉 달걀로 바위 치기.

청연은 깨진 달걀이 되었고, 설화는 바위처럼 아무렇지도 않게 우혈랑검을 들고 서 있었다.

그 결과 청연은 힘없이 뒤쪽으로 날아갔다.

끈 풀린 연처럼 펄럭이며 뒤쪽으로 날아가는 청연.

그런데 묘하게도 그녀가 날아가는 곳이 한빈 쪽이었다.

막 마비에서 풀려 뒤로 물러나려던 한빈은 눈을 크게 떴다.

청연이라는 독인이 자신 쪽으로 날아왔기 때문이었다.

이제 움직일 수 있게 된 한빈은 천독의 몸에 박힌 월아를 빼냈다.

그러고는 재빨리 뒤로 물러났다.

순간 둘 사이를 잇고 있던 독기가 끊어졌다.

날아온 청연이 한 바퀴 뒹굴더니 한빈과 천독 사이로 굴러왔다.

한빈과 천독이 몇 발짝 떨어져 서로를 견제하고 있을 때, 청연이 검집을 지팡이 삼아 겨우 일어났다.

청연은 검집으로 몸을 지탱한 채 한빈을 바라봤다.

싸움을 이어 나갈 수 없는 상태가 된 청연이 사부를 위해 한빈을 막아서는 모습이었다.

어찌 보면 애처로운 모습.

하지만 한빈의 감정에 측은지심은 남아 있지 않았다.

적에게 그런 감정을 가지고 있을 리가 없지 않은가?

한빈이 월아를 청연에게 겨눴을 때였다.

천독이 갑자기 청연의 머리를 내려쳤다.

빡!

누구도 예상치 못한 상황에 모두가 눈을 크게 뜨고 있을 때였다.

물론 한빈도 마찬가지였다.

모두가 놀라고 있을 때, 천독은 입술 사이로 작은 웃음소리를 토해 냈다.

"후훗."

그 웃음소리와 함께 청연의 몸이 점점 생기를 잃어 갔다.

한빈 때문에 만독지체로의 변화가 방해받았지만, 천독은 제자 청연의 독기를 모두 뽑아 자신이 원하는 것을 이루고 있는 것이었다.

천독이 독기를 뽑는 과정은 모기가 피를 빠는 것처럼 간단하면서도 신속했다.

한빈이 차마 손쓸 틈도 없이 눈 깜짝할 사이에 이루어졌다.

한빈이 주변을 살피니 설화가 입을 벌리고 석상이 되어 있었다.

자신의 행동이 실수라 판단한 것 같았다.

한빈은 재빨리 손을 저었다.

뒤쪽으로 물러나라는 신호였다.

설화가 한빈의 지시에 따라 주춤주춤 물러섰다.

뭐, 사실 한빈에게는 지금 상황이 그리 나쁘지는 않았다.

어찌 됐든 적은 하나 줄어들어 지금은 완벽한 일대일 상황.

언제든 튈 수 있었으니 말이다.

자신이 천독을 해치우지 못해도, 그는 독 안에 든 개구리에 불과했다.

금의위의 강유찬이 마을을 철저히 통제하고 있으니 말이다.

한빈은 월아에 묻은 독혈을 아무렇지도 않게 털어 냈다.

탁!

천독의 피가 바닥이 쫘악 들러붙자 흙이 녹아들어 갔다.

치치직.

한빈은 일단 천독을 관찰했다.

퇴로가 있는데 동귀어진을 생각하고 달려드는 것은 바보나 하는 짓이었다.

한빈과 마주한 천독의 흰색 눈자위가 점점 녹색으로 덮였다.

머리카락까지 완벽한 녹색으로 바뀐 상황.

드디어 만독지체를 완성한 것이다.

모든 일은 순식간에 이루어졌다.

천독은 청연을 다 먹은 귤껍질을 버리듯 옆으로 던졌다.

휙.

생기를 잃어버린 청연이 피떡이 된 독인들 사이에 짐짝처럼 버려졌다.

청연이 바닥에 떨어지자 둔탁한 소리가 아련히 울렸다.

퍽.

천독은 제자인 청연을 확인하지도 않았다.

본래 이렇게 쓰려고 키운 제자였다. 청연은 그에게 살아 있는 영약에 불과했다.

천독은 고유의 기세를 뿜어내며 한빈을 향해 감정 없는 어투로 말했다.

"이제부터 본좌가 널 상대해 주겠다."

"이제부터라……. 그럼 아까까지 날 상대한 사람은 누구였는데?"

어이가 없다는 표정으로 한빈이 어깨를 으쓱했다.

한빈의 도발에 천독이 미간을 좁혔다.

"이제부터는 다를 것이다."

한빈은 씩 웃으며 손을 내저었다.

"입 터는 놈치고 싸움 잘하는 놈 못 봤고, 내 앞에서 나불대는 놈치고 아직 살아남은 놈 못 봤다."

한빈의 말에 천독이 진득한 웃음을 머금은 채 입을 열었다.

"문답무용."

"됐고, 그냥 들어와."

한빈은 검지를 까닥거리며 상대를 도발했다.

문제는 한빈의 도발이 이번에는 먹히지 않았다는 점이었다.

천독은 한빈의 말에는 대꾸도 하지 않고 조용히 걸어왔다.

쿵. 쿵.

일부러 상대방을 겁박하려는 듯 거대한 기세를 뿜어내며 다가오는 천독.

하지만 한빈은 그저 웃으며 뒤쪽으로 물러났다.

지금 정면승부를 하기에는 한빈이 불리했기 때문이었다.

외모에서부터 기세까지 일순간 변한 천독은 이전과는 다른 상대였다.

이전에도 상대하기 까다로웠는데, 그가 만독지체를 완성한 지금은 도망치는 것이 상책이었다.

가장 중요한 건 상대가 변화한 원인이었다.

한빈이 보기에는 마교의 역혈신공과 비슷한 원리였다.

그렇다면 시간을 끌면 그만이었다.

물론 시간을 끄는 방법도 한빈에게 정답은 아니었다.

일각이 조금 안 되는 시간 동안은 공력을 끝없이 쓸 수 있으니 말이다.

한빈의 계획은 간단했다.

구결을 빼먹은 후 튄다.

그 후 천독의 무력이 줄어들 때까지 기다린다.

이 계획은 독기 속에 버틸 회복의 속성과, 실력의 차이에도 구결에 검을 적중할 수 있는 초식이 있기 때문에 가능한 일이었다.

한빈은 재빨리 구결십팔보와 전광석화를 다시 유지했다.

사사─삭.

한빈이 천독의 주변을 맴돌자, 그는 재빨리 가공할 독기를 실어 검을 뻗었다.

쏴악.

노도처럼 몰아치는 독기가 주변을 장악했다.

독기가 내뿜는 기세가 흉포한지 멀리서 둘의 생사결을 바라보는 이들조차 움찔할 정도였다.

지금은 흑사문뿐 아니라 적혈맹호대도 울타리 밖으로 나왔다.

적을 안심시키려는 의도로 술판을 벌이고 있었으나, 지금은 그럴 필요가 없어진 것이었다.

적혈맹호대가 들고 있는 호리병에는 술이 아닌 물이 들어
있었다.

소대섭이 나지막이 외쳤다.

"주군이 위험하면 모두 튀어 나간다!"

새로 만든 칼을 움켜잡은 소대섭의 팔뚝 근육이 꿈틀댔다.

초초해하고 있는 것이다.

그때 심미호가 조용히 말했다.

"대주, 그건 지시 위반이에요."

"주군이 없으면 우리도 없다는 거, 심 부대주도 알잖아."

"주군이 쉽게 당하실 분인가요? 그리고 우린 저곳에 갈 수
없다는 거 잘 아시잖아요. 십 장 안쪽으로만 접근해도 피를
토하고 쓰러질 거예요. 잘못하면 오히려 주군을 방해하는 격
이 될 게 분명해요."

"흠."

소대섭이 낮은 침음을 흘리다가 눈을 빛냈다.

"그럼 주군이 죽으면 우리도 죽는다."

"그건 저도 찬성이에요."

말을 마친 심미호는 주위를 둘러봤다.

막내 조호부터 가장 연장자인 장삼까지 모두 눈을 빛내고
있었다.

소대섭의 말에 찬성한다는 뜻이었다.

적혈맹호대 대원들은 누가 먼저 할 것 없이 병장기로 바다

을 찍었다.

쿵. 쿵.

그것은 마치 전장에서 울리는 북소리 같았다.

한빈에게 보내는 그들의 마음.

본능에서 나온 그들의 행동은 다른 이의 눈에는 성스럽게
보였다.

한빈의 복장을 하고 있던 이무명도 검을 바닥에 찍었다.

쿵.

무기가 없는 장자명은 약병을 바닥에 내려치려다가 멈칫
하고는 발을 굴렀다.

쿵.

흑사문의 무리도 이번만은 한빈에 대한 원망을 모두 버리
고 발을 굴렀다.

쿵.

그들의 뒤에 선 서재오도 눈을 크게 뜨며 자신의 검 매화
삼경으로 바닥을 찍었다.

아무리 봐도 지금의 대결은 사람의 무위가 아니었다.

검기와 검강 그리고 검환이 오가는 비무를 본 적이 없지는
않았다.

하지만, 지금 서재오가 바라보는 대결은 차원이 달랐다.

화산파에서 독인과 저렇게 일대일 대결을 펼칠 수 있는 고
수가 있을까?

장문인이나 전대 고수 중에 찾는다면 천독이라 불리는 저 독인을 처치할 고수는 분명 있을 터.

그런데 저런 식의 대결은 아닐 것이었다.

무위로 상대로 누르고 독기가 닿지 않은 거리에서 검환이나 이기어검으로 상대하는 게 전부일 것이었다.

이길 수는 있어도 저렇게 독에 맞서서 검을 쓸 수 있는 사람은 없었다.

사천당가나 백독곡의 인물이라면 몰라도 말이다.

거기에 더해 저자가 누굴까 하는 의문도 떠올랐다.

설화와 잘 아는 것을 보니 사 공자 한빈일 수도 있지만, 한빈은 적혈맹호대와 함께 있지 않은가?

고민도 잠시, 서재오는 자신의 검 매화삼경에 공력을 실었다.

쾅!!

서재오도 진심으로 응원하고 있는 것이었다.

주먹을 불끈 쥐고 한빈의 대결을 바라보고 있는 것은 그들뿐만이 아니었다.

아직 객잔에 남아 있던 진세미도 지붕 위에서 그들의 대결을 지켜보았다.

마음을 졸이고 있는 적혈맹호대의 대원들과는 달리, 그녀는 이상한 의문이 머릿속을 가득 차지하고 있었다.

한빈의 싸우는 모습이 이상하게 눈에 익은 것이었다.

"뭐지? 그리고 이 기분은……."

진세미는 말을 잇지 못했다.

갑자기 심장이 요동치기 시작했기 때문이었다.

그녀가 작은 목소리로 혼잣말을 이었다.

"적룡대협……."

이제껏 한빈만을 바라보던 천독의 시선이 처음으로 객잔 쪽으로 향했다.

쿵. 쿵.

요란한 소리가 신경에 거슬린 것이었다.

그 모습에 한빈이 씩 웃었다.

말 안 해도 천독의 시선을 알아서 분산시키는 적혈맹호대 대원들이 대견했던 것이다.

한빈은 다시 천독을 바라봤다.

천독의 공격에 대처한 한빈의 방법은 특유의 가벼움이었다.

한빈은 흩날리는 꽃씨가 바람에 날리듯, 사뿐히 천독이 장악한 공간에서 밀려 났다.

검으로 꽃씨를 벨 수 있을까?

꽃씨는 검날에 닿기도 전에 바람에 밀려 날 수밖에 없을 것이다.

그런 원리로 한빈은 천독이 내뿜는 독기를 피하고 있었다.

화난 천독이 외쳤다.

"왜 벌처럼 빙빙 맴돌기만 하느냐! 내가 꽃처럼 보이……."

천독은 말을 잇지 못했다.

한빈이 갑자기 눈앞에 나타났기 때문이다.

천독이 그의 검인 독아에 독기를 실어 한빈을 내려치려 할 때였다.

한빈의 검이 묘한 궤적을 그리며 날아들었다.

독기로 공간을 모두 장악한 천독은 여유 있게 검을 막았다.

쩡!

천독이 눈썹을 꿈틀댔다.

묘하게 자신에게 충격이 전해졌기 때문이다.

이화접목의 묘수?

독기에 이화접목의 수법으로 대응한다?

의문이 쌓이기 시작했다.

이런 일은 강호를 헤쳐 오며 들어 본 기억이 없기 때문이다.

하지만 천독은 더 이상 생각할 수가 없었다.

다시 한빈의 검이 날아왔기 때문이다.

챙!

검을 휘두르던 한빈이 낮은 목소리로 말했다.

"벌이 빙빙 도는 것만은 아니지. 때에 따라서 쏴 죽이기도 하니까."

"이놈!"

챙!

공방은 계속 이어졌다.

천독은 타격 때문이 아니라 한빈의 묘한 수법 때문에 고개를 갸웃했다.

게다가 검의 궤적이 점점 복잡해졌다.

그 궤적만큼이나 천독의 마음도 복잡해졌다.

공간을 장악하고 있는데 상대의 검을 막기에 급급하다라?

거기에 더해 자신의 뿜어내는 독기에 대항한다고?

'저놈은 만독불침이라도 되는 건가?'

만독지체가 내뿜는 독기를 견디는 경우는 만독불침밖에 없었다.

천독은 속에서 천불이 끓어오르는 것을 느꼈다.

'대체 저런 놈이 어디서 튀어나왔다는 말인가?'

그때였다.

천독은 허리가 뜨끔하는 느낌이 들었다.

한빈의 검이 허리를 훑고 지나간 것이다.

동시에 한빈의 눈앞에 글귀가 떴다.

[용안(龍眼)으로 구결을 확인합니다.]

[지급(地級) 구결 자(者)를 획득하셨습니다.]

[지급(地級) - 근(近), 자(者)]

역시 한빈의 예상대로 지급 구결이 완성되고 있었다.

하지만, 지금은 구결의 완성이 문제가 아니었다.

한빈은 재빨리 월아를 뻗었다.

'성동격서.'

전광석화의 효용을 바탕으로 하여, 끊임없이 성동격서로 상대를 공략하고 있는 것이었다.

물론 자승자박도 계속 쓰고 있었다.

성동격서는 허허실실의 묘리를 담은 초식.

다섯 번에 한 번은 무조건 공격을 성공시킬 수 있었다.

이번 공격의 성공은 초식 본연의 위력을 그대로 사용하기로 한 결과였다.

한빈은 지금 세 가지 초식을 섞어 사용하고 있었다.

자승자박, 성동격서, 전광석화.

상대가 월아를 막으면 그 힘의 이 할을 돌려줄 수 있었다. 그리고 다섯 번의 공격 중 한 번을 성공시킬 수 있었다.

그리고 상대방의 눈을 현혹할 수 있는 빠름이 있다.

이 세 가지 조합으로 천독을 공략하고 있었다.

보이지 않을 정도의 공방이 이어졌다.

만독지체로 변한 천독의 검은 한빈의 속도를 따라잡았다.

챙! 챙!

월아와 독아가 부딪치면서 내는 소리는 진동음처럼 들렸다.

용린검법은 하늘이 내려 준 무공일까?

용린검법의 초식은 만독지체가 된 천독의 능력을 뛰어넘었다.

푹!

한빈은 다시 한번 천독의 몸에 공격을 적중시켰다.

그의 숨통을 끊지는 못하지만, 딱 구결을 취할 만큼의 위력은 되었다.

[용안(龍眼)으로 구결을 확인합니다.]

[지급(地級) 구결 묵(墨)을 획득하셨습니다.]

[지급(地級) - 근(近), 자(者), 묵(墨)]

이제 남은 구결은 하나.

뒤로 물러난 한빈은 눈매를 좁혔다.

공력을 무한하게 쓸 수 있다면 천하무적이 될 것 같았는데, 의외의 부작용이 있었다.

그것은 한빈의 신체가 공력을 버티지 못하는 점이었다.

고민도 잠시, 한빈은 월아에 묻은 혈흔을 시원하게 털어

버렸다.

쫘악!

대충 몸 상태를 살펴보니 남은 시간 동안은 버틸 수 있을 것 같았다.

그때 천독이 한빈을 향해 짓쳐들어왔다.

숨을 고른 한빈도 그를 향해 날았다.

순간 생경한 감각이 월아를 통해 느껴졌다.

서걱!

툭.

천독의 옷섶이 바닥에 떨어졌다.

'뭐지?'

한빈은 눈매를 좁혔다.

천독이 자신의 가슴을 아무 저항 없이 내준 것이다.

이렇게 팽팽한 대결에서 저렇게 허무하게 자신의 가슴을 내어 준다?

절대 있을 수 없는 일!

불길한 예감에 한빈은 재빨리 쾌검난마를 지우고 다른 초식을 떠올렸다.

바닥에 천독의 옷자락이 뒹굴었지만, 천독은 입가에 미소를 머금고 있었다.

순간 깊게 파인 가슴에서 그의 피가 분수처럼 쏟아져 나왔다.

나올 때는 분수였지만, 그의 피는 방울방울 나뉘어 한빈을 향해 날아갔다.

마치 벌 떼처럼.

그 피가 녹색이라는 점은 대결을 지켜보던 모든 이를 경악하게 만들었다.

피할 틈도 없이 천독의 가슴에서 쏟아져 나온 독혈은 순식간에 한빈을 덮쳤다.

한빈의 옷자락 하나 보이지 않을 정도로 말이다.

독혈을 뒤집어쓴 한빈의 움직임이 멈췄다.

동시에 한빈은 녹색 형체가 되어 그 자리에서 굳었다.

녹색 석상이 된 한빈을 본 천독이 입꼬리를 올렸다.

"아직 들을 수 있을 때 네 숨통을 끊은 초식을 말해 주마. 이 초식의 이름은 천지만독이다. 하늘과 땅을 가득 덮는 독이니 네 능력이 부족하다 섭섭해하지 말거라. 무림의 어떤 고수가 와도 내 앞에 서 있었다면 네 꼴이 되었을 것이니 말이다, 흠."

천독은 헛기침하며 자신의 가슴을 동여맸다.

그러고는 녹색 혈독에 묻혀 형체만 남은 한빈을 보며 말을 이었다.

"그런데 아쉽구나. 너 같은 적수를 만난 것도 처음이요, 적이 녹아내린 모습을 보며 내가 아쉬워한 것도 처음이구나……."

천독은 진심으로 아쉬운 듯 한동안 한빈을 바라봤다.

그것도 잠시, 그는 고개를 돌렸다.

그의 시선이 향하는 곳에는 발을 구르며 한빈을 응원하던 이들이 있었다.

물론 요란하게 소리를 내던 그들의 병장기는 멈춰 있었다.

순간 그의 눈빛이 진득한 살기를 담았다.

천독은 그들을 세상에서 지우기로 했다.

만독지체가 된 지금, 그에게 역병은 걸림돌이 될 수 없었다.

피부를 감싼 독이 역병의 기운을 녹여 버릴 테니 말이다.

천독은 거리낌 없이 객잔을 향해 걸어갔다.

이제 가짜 역병에 걸린 흑사문 무리는 더 이상 방패가 아니었다.

적혈맹호대와 흑사문의 무인들 모두는 한빈이 천독의 피에 당한 것을 보고 입을 벌리고 있었다.

멍하니 있던 그들을 깨운 것은 천독의 발소리였다.

쾅!

우르릉!

내공을 실어 내디디는 발걸음은 마치 태산이 움직이는 것 같은 기세를 뿜어냈다.

당황도 잠시, 정신을 차린 소대섭이 외쳤다.

"주군을 위해!"

뒤를 이어 심미호가 외쳤다.

"팽가를 위해!"

소대섭과 심미호를 선두로, 적혈맹호대가 천독을 향해 달려 나가기 시작했다.

심미호의 뒤를 따르던 조호도 이를 악물었다.

닿기만 하면 녹아내릴 듯한 녹색 독기를 뿜어내는 천독에게 이길 생각은 없었다.

다만, 주군이 없는 적혈맹호대와 자신의 삶은 생각할 수 없었다.

조호는 한빈이 사라지는 순간 무인으로서의 자신의 삶도 끝이라는 것을 알고 있었다.

삼류 무인을 일류로 만들어 준 것이 누구던가?

아랫마을 향이와 사랑을 이어 준 것이 누구던가?

고수의 꿈을 꾸게 해 준 것이 누구던가?

조호와 적혈맹호대에게 있어 한빈은 모시는 주군을 넘어선, 삶의 그 자체.

조호의 눈에 습기가 맺혔다.

그는 이를 악물었다.

어찌 보면 장강에 조약돌 던지기에 불과했다.

하지만, 이렇게라도 안 하면 조호는 미칠 것만 같았다.

그들이 천독이 만들어 낸 기세 속으로 들어가려고 할 때였다.

질끈 눈을 감고 독의 소용돌이 속으로 뛰어들려는 적혈맹호대의 앞을 누군가가 막아섰다.

스르릉.

소리 없이 적혈맹호대의 앞을 막아선 사람은 백색 무복의 여인이었다.

여인이 짧게 말했다.

"멈춰!"

누가 봐도 적혈맹호대와는 비교도 안 되는 고수.

여인이 풍기는 것은 진득한 살기.

누가 봐도 천독과 같은 편이었다.

조호는 이제 죽었구나, 생각하며 눈을 감았다.

순간 귀청을 찢을 듯한 격돌음이 들렸다.

쩡!

조호는 본능적으로 눈을 떴다.

이해할 수 없는 일이 펼쳐졌다.

적이라 생각한 백색 무복의 여인이 천독을 향해 일격을 날린 것.

천독은 기가 막혔다.

만독불침에 가까운 새파란 놈이 나타나 이제껏 고생했는데, 갑자기 다른 고수가 툭 튀어나온 것이다.

조그만 마을에서 이런 고수들을 만날 확률은 얼마나 될까?

아무리 계산해도 그럴 확률은 없었다.

중원에 있는 모든 무인을 한 줄로 세워 놓는다면, 방금 피떡이 된 젊은 놈과 지금 새로 나타난 여인은 분명 백대고수 안에 들 것이다.

백 명이라고 하면 많아 보일지는 몰라도, 중원을 백 등분한다면 서로 마주칠 확률은 거의 없었다.

거기에 더해 백대고수 중 대부분을 천하 십대세가와 거대 문파들이 가지고 있었다.

이렇게 돌아다니다 그들과 마주친다는 것은, 여름날 평상 위에서 낮잠 자다가 번개에 맞을 확률과도 같았다.

그렇다면?

천독은 갑자기 등골이 오싹해지는 것을 느꼈다.

이런 우연이 계속 겹친다는 것은 누군가가 자신의 계획을 알고 있다는 뜻이었다.

내부?

아니면 정의맹?

그것도 아니라면 마교나 사파?

천독의 머릿속 의문이 꼬리에 꼬리를 물었다.

그때 백의 여인이 뻗은 구절편이 눈앞으로 다가왔다.

부웅!

천독이 내뿜는 독기를 가르며 날아드는 구절편은 한기를 품고 있었다.

천독은 고개를 갸웃했다.

저 무공에 대해 들어 본 적이 있었다.

그렇다면 혹시?

아미파?

그중에서도 구절편을 쓰는 여인이라면?

천독은 독기를 극성까지 끌어올렸다.

상대가 백선임을 알아본 것이다.

팔선 중 하나라면 적이 아니라 아군이었다.

아군이 자신을 공격해 올 경우는 배신밖에 없었다.

천독이 외쳤다.

"네가 배신자구나! 그래서 모든 계획을 상대가 알고 있었던 것이구나. 내 너를 한 줌 독물로 만들어 줄 테니 기다리거라!"

"……."

백선은 아무 대답 없이 구절편을 휘둘렀다.

그녀의 만년구절편은 천독에게는 상극이었다.

줄기줄기 내뿜는 독기의 간격 밖에서 그를 공격할 수 있었고.

만년한철로 만든 백선의 만년구절편은 독기에도 녹아내리지 않았다.

파바박!

만년구절편이 회오리를 만들어 내며 독기를 안으로 가두

고 천독에게 짓쳐들어왔다.

천독의 가슴에 만년구절편이 닿으려는 순간.

그의 신형이 자리에서 사라졌다.

사사삭.

천독이 다시 나타난 것은 백선의 뒤쪽.

순간 그는 다시 독기를 뿜어내며 독의 공간을 만들어 냈다.

천독이 만들어 낸 이형환위의 수법이 백선을 독기에 가둬버린 것이었다.

백선도 이에 지지 않겠다는 듯, 만년구절편을 작게 휘둘렀다.

목표는 천독이 아닌 공간이었다.

구절편은 백선을 중심으로 팽이처럼 돌았다.

그 결과 독으로 가득 찬 공간 안에 백선만의 공간이 만들어졌다.

하지만 녹색 독혈로 가득 찬 공간 안에 백선이 움직일 만한 공간은 없었다.

그녀도 그저 버틸 뿐이었다.

그때였다.

쩌-억.

이상한 소리가 나며 녹색 독혈로 덮였던 한빈이 부서져 내렸다.

이 광경은 천독의 시선을 뺏기에 충분했다.

힐끔 시선을 돌린 순간, 백선은 천독이 내뿜는 독기의 간격 밖으로 벗어났다.

이것을 기점으로 잠시 소강상태가 이어졌다.

하지만 적혈맹호대 대원들은 정신 줄을 놓고 부서진 녹색 껍데기를 바라봤다.

어찌나 잘 녹아내렸는지 녹색 껍데기 안은 텅텅 비어 있었다.

심미호가 외쳤다.

"주, 주군!"

"안 돼!"

조호가 따라 외쳤다.

말도 안 되는 상황에 모두가 다시 칼을 들었다.

휙, 휙.

이제는 무서울 게 없다는 듯 천독을 향해 칼을 겨누는 적혈맹호대 대원들.

그런데 그들을 휙 지나쳐 천독에게 달려가는 이가 있었다.

타다닥.

그는 화산파의 매화검수 서재오였다.

그가 천독에게 맞서기로 한 것은 아미파의 백선을 보고 나서였다.

아미파는 화산파와는 막역한 사이.

천독과 맞서는 아미파의 고수를 보니, 화산파의 매화검수의 칭호를 받은 자신이 보고만 있을 수는 없던 것이다.

다만, 독기에 다가갈 수 없으니 방법을 강구했다.

서재오는 자신의 검 매화삼경에 천잠사를 만들어 천독에게 맞서기로 한 것이었다.

슝!

서재오가 매화삼경을 날리며 외쳤다.

"아미파의 선배님! 저와 협공하시지요!"

"……."

백선은 말이 없었다.

하지만, 서재오와 합을 맞추며 천독을 공략하기 시작했다.

둘 다 독기의 영향 밖에서 공격하자, 이제 천독과 동수를 이룰 수 있었다.

그들이 생사결을 펼치는 동안, 멀리 떨어진 전각에서 팔짱을 끼고 이 싸움을 보는 이가 있었다.

그는 다름 아닌 한빈이었다.

이게 어떻게 된 것일까?

이치는 간단했다.

한빈이 마지막에 쓴 수법은 금선탈각이었다.

껍데기만 남기고 이동할 수 있다는 의미를 한빈은 오늘에야 깨달았다.

진짜 매미가 허물을 벗듯, 껍데기만 남기고 이곳으로 옮겨 올 수 있었던 것이었다.

독기에 눌어붙은 옷과 피부는 그 자리에 남고, 한빈의 본체는 이형환위보다 더 빠른 속도로 그 자리를 떠났다.

물론 알몸이 된 한빈은 쓰러진 적들의 옷을 대충 주워 입고는 전각에 올라선 상태였다.

그러고는 한빈에게 달려온 백선을 만났다.

백선이 온 이유는 간단했다.

한빈이 휘파람으로 불렀기 때문이었다.

한빈이 흑수대를 헤치우며 불었던 휘파람 소리는 상대를 겁박하기 위해서 불던 것이 아니었다.

바로 백선을 호출하는 신호였다.

한빈은 보이지 않게 미소를 짓고 있었다.

그가 이렇게 웃는 이유는 뜻밖의 기연을 얻었기 때문이었다.

한빈은 팔짱을 낀 채 허공을 바라보고 있었다.

[본신 공력이 일 갑자를 넘었습니다.]

[천지일연공을 습득하셨습니다.]

[천지일연공이 본래의 이름으로 변경됩니다.]

[여의심법(如意心法)을 습득하셨습니다.]

[최초의 심법 획득으로 용혈지체로 한 걸음 다가서셨습니다.]

[여의심법의 습득으로 심화편이 열렸습니다.]

여기까지는 방금 본 글귀였다.

한빈은 어떻게 본신 내공 일 갑자를 채워 천지일연공을 얻을 수 있었을까?

사실 이번 대결 전에 복용한 영약으로는 일 갑자의 본신 내력을 성취하지 못했었다.

상승 심법을 익히지 않은 관계로 단전의 크기가 일정했으며, 단전에 흡수되지 않은 내공은 산산이 흩어졌다.

그런데, 천독과의 대결에서 그 내공 중 일부가 몸 안에 잠들어 있음을 알게 된 것이다.

피부, 장기, 그리고 근육.

모든 곳에 흩어져서 잠들어 있던 내공을 천독의 강력한 독기가 깨운 것이다.

그 깨어난 독기가 금선탈각 후 구사일생으로 살아난 한빈의 단전으로 몰려들기 시작한 것이다.

끝없이 몰려드는 내공에 한빈의 단전은 금이 갔다.

그런데 무한대로 쓸 수 있는 회복의 속성 때문에, 금이 가고 아물고를 반복하여 신체에 잠들어 있던 내공을 온전히 받아들일 수 있었던 것이다.

한빈은 천독을 향해 감사의 인사를 하고 싶었다.

물론 그 인사는 검으로 할 것이었다.

그때 한빈의 시야에 독기에 갇힌 백선의 모습이 들어왔다.

한빈은 재빨리 전각의 지붕 위를 구르는 조그만 돌을 잡았다.

'백발백중!'

한빈이 날린 조그만 돌이 한빈이 탈출한 껍데기로 날아갔다.

퍽!

동시에 녹색 껍데기가 무너져 내렸다.

백선을 위기에서 구한 한빈은 재빨리 시선을 돌려 앞을 바라봤다.

지금은 그들의 대결이 중요한 것이 아니었다.

지금 눈에서 반짝이는 깨달음이 중요했다.

용린검법의 비급이 반짝이기 시작하며 책장이 넘어가기 시작한 것이다.

[심화편(深化編)]

[여의심법 – 여의심법은 심화편의 가장 근본이 되는 심법입니다. 여의심법으로 당신은 여의주를 입에 문 용으로 다시 태어납니다. 여의주 안에 용린검법의 심법을 저장할 수 있습니다.]

[여의심법의 첫 번째 연계 심법이 각인됩니다.]

[책장에 연계심법 중 일신우일신이 등록되었습니다.]

[일신우일신(日新又日新) – 용린의 주인은 본래 매일 숨만 쉬어도 하루하루가 새롭습니다. 언제나 운기하는 효과를 얻습니다. 초식의 시전 속도가 반으로 줄어듭니다.]

한빈은 입을 떡 벌렸다.

전생의 기억에서 천지일연공은 누구도 범접하지 못할 상승의 심법이라 알려졌었다.

하지만, 누구도 익히지 못했던 심법.

가만히 있어도 운기의 효과를 보게 된다는 것이 천지일연공의 최고 단계인 줄 알았다.

그런데 용린검법의 심화편 중 연계심법의 하나인 일신우일신의 효과에 불과했던 것이다.

용린의 주인이 아니고서야 천지일연공의 진짜 활용을 알 수 있는 자가 있을까?

거기에 더해 한빈이 영약이 아닌 다른 심법으로 일 갑자의 공력을 얻었다면?

천지일연공뿐 아니라 심화편도 열리지 않았을 것이었다.

어찌 보면 이것은 천운.

그때 설화가 옆에 스르륵 나타났다.

"공자님, 저 왔어요."

말을 마친 설화가 보따리를 펼쳐 놓았다.

그녀가 펼쳐 놓은 보따리 안에는 옷과 마실 물이 있었다.

"그래. 수고 많았어, 설화야."

"공자님, 그런데 아래쪽 그냥 놔둬도 되겠어요?"

"……."

한빈은 말없이 설화가 가리키는 곳을 힐끔 봤다.

아래쪽에서는 구절편을 휘두르는 백선과 독기를 줄기줄기 뿜어내는 천독이 실타래처럼 얽혀 있었다.

저 얽혀 있는 실타래를 푸는 것은 한빈이 되어야 했다.

하지만, 급하게 나서서는 안 된다고 한빈은 생각했다.

심화편을 열기는 했지만, 바로 경지가 오를 리는 없는 일.

상황을 봐서 가장 적당한 시기에 천독을 눌러야 했다.

한빈은 일단 죽통의 물로 얼굴에 묻은 독기를 씻어 냈다.

살짝 남아 있는 독기 때문인지 복(復)의 속성이 줄고 있었기 때문이다.

마치 연기에 얼굴을 그을린 듯, 남아 있는 독기의 잔재.

한빈은 얼굴에 쌓인 그을음을 물로 씻어 냈다.

한빈이 어느 정도 그을음을 닦아 내자, 설화가 고개를 갸웃했다.

설화의 표정은 묘했다.

호기심과 근심을 동시에 담고 있었다.

설화가 조심스럽게 말했다.

"공자님, 외모가 ……."

말끝을 흐리는 설화의 모습에 한빈이 손을 내저었다.

설화의 표정을 보니 좋은 뜻은 아닌 것 같았다.

한빈은 최고의 독인이 만들어 낸 독기 속에 갇혔었다.

바로 금선탈각을 사용해 몸을 피했지만, 멀쩡할 리가 없을 것이다.

한빈이 피식 웃으며 답했다.

"괜찮다. 무인에게 이까짓 흉터 따위는 장신구나 마찬가지야, 설화야."

"그, 그게 아니라 분위기가 바뀌신 것 같아서요. 꼭 제가 알던 공자님이 아닌 것 같은……."

설화가 살짝 말끝을 흐렸다.

"분위기라고?"

한빈은 고개를 갸웃하며 얼굴을 만져 봤다.

뭐지?

얼굴의 골격은 그대로였다.

그러나 독기로 인해 흉터가 생겼어야 정상인데, 피부가 아기처럼 매끈했다.

거기에 설화가 놀랄 정도로 분위기가 달라졌다라?

한빈은 순간 심화편의 한 문장이 떠올랐다.

여의주를 문 용으로 다시 태어났다는 구절 말이다.

"하하."

한빈이 허탈하게 웃었다.

추상적인 의미인 줄 알았는데, 진짜 다시 태어난 것처럼 변한다는 것이었다.

  한참을 웃던 한빈이 자리에서 일어났다.

  햇살을 받은 한빈의 모습은 오늘따라 유난히 반짝였다.

  환골은 아니지만 탈태는 한 상태였다.

  지금은 외모에 신경 쓸 때가 아니었다.

  한빈은 다시 천독에게 시선을 돌렸다.

  아직까지는 백선이 잘 버텨 주고 있었다.

  하지만, 천독은 만만치 않았다.

  그는 아미백선과 매화검수 서재오의 협공을 아무렇지 않게 받아 내고 있었다.

  ❦

  서재오는 지금 미칠 지경이었다.

  그는 천잠사를 통해 자신의 검인 매화삼경에 공력을 불어넣는 중이었다.

  그렇게 하지 않고서는 천독의 몸까지 매화삼경이 닿지도 않았다.

  물론 닿았다고 해서 치명상을 남길 수 있는 것은 아니었다.

  그저 천독의 심기만 긁어 놓는 중이었다.

아무리 때려도 부서지지 않은 거대한 벽을 마주한 느낌.

문제는 튀어나온 파편 하나를 맞는 순간 이승과는 작별이라는 것이었다.

부유한 집안에서 자라 영약이란 영약은 모두 먹고 자란 그였다.

화산파에 들어가서도 별 어려움 없이 매화검수의 자리까지 올랐다.

비록 끝자락이긴 하지만, 매화검수가 어디 놀음으로 딴 자리이던가?

매화검수라는 이름 하나만으로 강호의 문파들은 자신에게 고개를 숙였다.

하지만, 지금 그는 매화검수라는 호칭이 부질없다는 것을 깨달았다.

인간의 범주를 넘어선 무력이 눈앞에 펼쳐지고 있었다.

그에 비하면 자신은 먼지 한 톨에 불과했다.

그럼 서재오는 무엇을 목표로 싸우고 있는 것일까?

물론 승리였다.

먼지가 되어서라도 상대를 괴롭힐 수 있다는 것을 깨달은 것이다.

여기서 중요한 것은 살아남는 것이었다.

살아남는 것 하나만으로도 적의 신경을 긁어 놓을 수 있다.

그때였다.

상대의 녹색 기운이 갑자기 강해졌다.

천독에게 서재오는 파리에 불과했다.

문제는 귀찮은 파리라는 점이다.

파리가 윙윙거린다고 아플 리는 없지만, 아무리 잡으려 해도 잡히지 않는 파리라니.

손뼉 한 번이면 피떡이 될 테지만, 여간해서 잡히지 않으니 귀찮을 뿐이었다.

막상 서재오를 잡으려 하면 백선의 만년구절편이 효혈을 향해 날아왔다.

이대로라면 아무런 수확 없이 만독지체를 유지할 수 있는 시간을 의미 없이 흘려 버리게 되는 셈.

이제 결정을 해야 할 때가 온 것이다.

천독은 자신의 마지막 절기인 독파(毒破)를 쓰기로 했다.

독파란 독의 기운을 압축시켜 한 번에 터뜨리는 수법.

독파의 수법에 마주하고도 멀쩡할 자는 없을 것이다.

천독은, 백선과 귀찮은 화산파의 잔챙이를 상대하며 내공으로 독기를 한곳에 모으기 시작했다.

그렇다고 그가 뿜어낸 독기가 줄어드는 것은 아니었다.

단지 아무도 모르게 마지막 한 수를 준비하고 있을 뿐이었다.

한빈은 아직 그들의 대결을 지켜보고 있었다.

저곳에 자신이 끼어든다면 어떻게 될지를 계산하고 있었다.

합격술(合擊術)이라는 것이 사람이 많다고 효율이 오르는 게 아니었다.

여럿이 상대를 공격하다가 서로 검이 꼬인다면?

바로 패배의 지름길이 된다.

하지만, 만약 이대로 생사결이 계속된다면?

처음에야 백선과 서재오가 불리하겠지만, 관건은 저 무시무시한 녹색의 독기를 유지하는 시간에는 한계가 있다는 점이었다.

한빈이 적절한 시기에 끼어들려고 준비할 때였다.

'뭐지?'

한빈은 천독의 변화를 눈치챘다.

지금 구결을 나타내는 청색 점이 더욱 짙어지고 있는 것이었다.

뭔가 변화를 꾀하려는 듯 보였다.

한빈은 직감적으로 이대로 놔두면 저들이 위험하다는 것을 알았다.

일단은 천독이란 놈의 약점을 찾는 것이 먼저였다.

한빈이 생각한 것보다 천독은 까다로운 자였다.

격장지계에도 넘어가지 않는 냉철한 판단력을 지녔고, 절대 방심하지 않는 치밀함까지 지녔다.

가장 중요한 것은 적에게 틈을 만들어 내는 것.

한빈은 재빨리 계산을 시작했다.

한빈이 눈을 빛내는 동시에 희미한 웃음을 보였다.

드디어 약점을 찾아낸 것이었다.

천독의 숨통을 끊는 건 한빈 혼자서도 충분했다.

막 전각에서 뛰어내리려던 한빈이 고개를 갸웃했다.

뭔가 허전하다는 것을 깨달은 것이다.

한빈은 힐끔 자신의 금선탈각으로 탈출한 자리를 바라봤다.

독을 막아 주던 복면이 그곳에 남아 있던 것이다.

하지만, 지금 시간이 없었다.

일단 입 속으로 들어오는 독기도 실력편의 구결로 몰아내야 했다.

한빈이 말했다.

"설화 너는 내 신호에 맞춰 이 암기를 날려라. 열 걸음 안으로는 절대 들어서지 말고."

한빈은 보따리 속에 있는 기다란 통을 가리켰다.

그 통은 검오가 만든 이화신기였다.

굵기는 엄지손가락만 하고 길이는 한 뼘 정도였다.

누가 보면 작은 피리로 착각할지도 몰랐다.

장하에서 쓰던 것에 비해 더더욱 개량된 암기였다.

작동시키는 순간 몇십 발이 아닌 백여 발의 머리카락 굵기의 은침이 쏘아져 나올 것이었다.

말을 마친 한빈은 재빨리 일촉즉발의 수법으로 천독을 향해 날아갔다.

푸른 검기를 머금은 월아와 한빈이 하나가 된 상태.

앞으로 나가던 한빈이 천독의 독기 바로 앞에서 멈췄다.

한빈은 쾌검난마의 수법을 펼쳤다.

동시에 허장성세의 초식으로 사자후를 내질렀다.

"이놈!"

몇 마디였지만, 한빈의 목소리는 심오한 공력을 담고 있었다.

한빈을 중심으로 목소리가 거대한 해일이 되어 주변으로 퍼져 나갔다.

우우웅!

장운현 전체를 덮을 듯한 거대한 기세.

뒤로 물러서서 대결에 끼어들 틈을 가늠하고 있던 적혈맹호대 대원들마저 한빈의 사자후에 영향을 받았다.

털썩.

한빈의 기세에 견디지 못하고 무릎을 꿇은 것이다.

조금만 더 떨어져 있었다면 괜찮았겠지만, 지금 그들은 너무 가까이 있었다.

거기에 더해 한빈은 심화편을 개화하면서, 초식의 위력도 늘어났다.

그런 이유로 한빈이 펼친 허장성세는 적혈맹호대에게도 영향을 미친 것이었다.

물론 천독과 싸우던 서재오도 그 자리에서 동작을 멈췄다.

중요한 것은 천독도 잠시 틈을 보였다는 점이었다.

한빈이 왼손에 들고 있던 이화신기를 작동시켰다.

슝!

투투툭!

백 개에 가까운 은침이 천독을 향해 날아갔다.

은침을 날린 한빈은 재빨리 손가락을 튕겼다.

딱!

그 소리에 맞춰 천독의 뒤에서 기회를 노리던 설화도 이화신기를 쏘아 냈다.

슝!

투투툭!

한빈이 쏘아 낸 은침이 천독의 몸에 닿으려 할 때였다.

허장성세의 기세에 잠시 눌렸던 천독이 정신을 차렸다.

날아오는 은침에 천독은 몸을 감싼 독성을 더욱 높였다.

파파박!

몸을 둘러싼 녹색의 독기가 더욱 진해졌다.

그때 뒤쪽에서 암기가 날아오는 것이 느껴졌다.

천독이 보기에는 흔한 허허실실의 수법.

앞쪽에서 날아온 은침이나 뒤쪽에서 날아온 은침 모두 평범한 암기가 아니었다.

천독은 모든 독기를 회수해서 호신강기처럼 온몸에 둘렀다.

한마디로 독으로 만든 호신강기.

호신강기에 막힌 은침의 속도가 줄었다.

하나 은침의 속도는 줄어들었지만, 멈추지는 않았다.

천독은 더욱 힘을 끌어올렸다.

그 결과, 천독의 눈앞까지 도착했던 은침은 햇볕을 받은 고드름처럼 녹아내렸다.

치지직.

어찌 보면 녹아내리는 게 아닌 타는 듯한 모습이었다.

한마디로 천독은, 독을 조절하는 기술에 있어서는 천재였다.

독파의 수법을 위해 독 기운을 한곳에 모으면서도 독으로 호신강기를 펼칠 수 있으니 말이다.

거기에 더해 호신강기로 이화신기의 은침까지 녹여 버렸다.

천독이 살짝 마음을 놓고 있을 때였다.

갑자기 그의 눈앞에 암기가 날아왔다.

이전에 날아온 은침보다는 확연히 컸다.

천독은 다시 독기로 만들어 낸 호신강기를 앞쪽에 집중했다.

천독은 눈을 크게 떴다.

독기로는 녹이지 못할 암기였다.

'단검?'

천독은 급하게 검으로 단검을 튕겨 냈다.

챙!

순간 천독은 까무러칠 정도로 놀라야 했다.

곧게 날아오던 단검은 하나가 아니었다.

첫 번째 단검의 꼬리를 물고 두 번째 단검이 일직선으로 날아오다 보니, 한 개로 착각한 것이다.

천독은 재빨리 몸을 뒤로 틀었다.

천근추의 수법으로 무게중심을 뒤로한 채 상체만 젖힌 것.

그런데 단검의 궤적이 묘했다.

이전에 맞댔던 한빈의 검과 마찬가지로 말이다.

태극을 그리더니 슬쩍 검신을 타고 살아 있는 것처럼 달려드는 것이었다.

천독은 할 수 없이 바닥을 뒹굴며 단검을 피해야 했다.

무인에게는 가장 수치스럽다는 나려타곤(懶驢打滾)의 수법.

즉 게으른 당나귀가 바닥을 뒹굴 듯, 흉측한 모습으로 피할 수밖에 없었다.

몇 번을 뒹굴고서야 천독의 겨우 단검을 피했다.

하지만, 그것은 천독의 착각이었다.

단검은 묘한 움직임으로 그를 따라왔다.

정확히 머리를 노리고 말이다.

뱀처럼 휘어져 달려드는 단검은 마치 이기어검의 수법과도 같았다.

천독은 다시 몸을 틀었다.

그는 기세와 움직임으로 단검을 겨우 피할 수 있었다.

단검이 머리 위로 지나갔다.

쓱!

스스슥.

천독은 눈앞에 눈발이 날리는 듯한 착각이 들었다.

자세히 보니 눈앞에 흩날리는 것은 눈이 아니었다.

그것은 자신의 머리카락.

단검에 머리카락이 왕창 잘려 나간 것이었다.

순간 천독은 이성을 잃었다.

독인이 되면서 가장 아쉬웠던 점은 무엇일까?

그것은 풍성한 머리숱을 잃었다는 점이었다.

독기가 강해지면 강해질수록 머리카락은 버텨 내지 못하기 마련이었다.

지금의 머리카락도 십 년이 넘게 관리한 것이었다.

독인에게 머리카락은 내공보다도 쌓기 힘든 것이었다.

이성을 잃은 천독이 한빈에게 달려들었다.

"쓰벌!"

"안 됐군. 소중하다면 잘 챙겼어야지. 나처럼 말이야."

말을 마친 한빈은 자신의 머리를 넘겼다.

햇빛을 받은 한빈의 머릿결은 비단결처럼 찰랑거렸다.

물론 심화편을 개화하면서 얻은 분위기의 변화 때문이었
다.

천독의 벗겨진 머리와 한빈의 비단결 같은 머리는 누가 봐
도 비교되었다.

그것은 천독의 눈에도 마찬가지였다.

천독의 눈이 활활 타올랐다.

한빈이 슬쩍 입꼬리를 올렸다.

콰과광.

천독의 검, 독아에서 독기가 터져 나왔다.

이것은 천독의 의지가 아니었다.

화를 누르지 못하고 본능이 움직인 것이다.

한빈은 뒤로 재빨리 물러섰다.

뭐, 이번 독기만 피하면 되었다.

이제 조금 있으면 독기와 내공에 공백이 생길 것이었다.

여기까지는 한빈의 계획대로였다.

이제 첫 번째 단계는 끝났고 두 번째 계획만 성공한다면,
천독의 몸에 남아 있는 구결을 취할 수 있을 것이었다.

천독이 이렇게 당한 이유는 간단했다.

한빈은 이화신기의 은침으로 시선을 돌린 뒤, 바로 좌혈랑
검과 우혈랑검을 연이어 날렸다.

두 개의 혈랑검에는 백발백중의 묘리가 섞여 있었다.

거기에 더해 두 번째 혈랑검에는 성동격서의 수법을 조합했다.

아무리 성동격서의 수법이지만, 치명상을 입히기에는 부족할 터.

그렇기에 한빈은 가장 방심하는 신체 부위면서도 가장 소중한 부분을 노린 것이다.

한빈은 자신을 향해 짓쳐들어오는 천독의 독아를 월아로 막았다.

챙!

흥분한 천독은 독기가 아닌 힘으로 누르려 하고 있었다.

물론 여기에는 천독의 계산이 깔려 있었다.

천독은 이성을 잃고 흥분하는 바람에 독기와 내공의 일부분을 허공에 날렸다.

하지만, 바로 이성을 찾은 천독은 마지막 한 수를 위해서 독기와 내공을 집중하기로 한 것이었다.

그는 이성을 잃고 흥분하고 있는 것처럼 보였다.

하지만, 그것은 겉모습뿐이었다.

천독은 한빈과 검을 맞대고 시간을 벌고 있던 것이었다.

끼긱.

서로 맞댄 두 검이 마찰음을 토해 내고 있을 때였다.

천독의 기세가 점점 변했다.

그 기세의 정체는 무엇일까?

천독의 심장에 독파를 전개하기 위한 독기가 모였다.

천독은 그 기운을 왼쪽 주먹 안쪽에 모았다.

좁쌀만 한 크기로 압축된 독기를 머금은 왼손이 일렁였다.

이제 한빈을 향해 독장을 날리면 될 터였다.

천독은 씩 웃었다.

이제는 천하제일의 고수가 앞에 있다고 해도 살아남을 수
없을 것이다.

천독이 한빈을 향해 독파의 수법으로 독장을 날리며 외쳤
다.

"유언을……!"

천독은 유언을 남기라는 말을 하려 했었다.

하지만, 그 말을 끝내지 못했다.

묘한 기운이 앞쪽에서 밀려들었기 때문이었다.

상대가 같은 기세로 맞받아치고 있었다.

놀란 천독이 물었다.

"넌 대체 누구냐?"

"그건 비밀이야."

한빈이 답하자 천독의 눈이 커졌다.

'뭐지?'

의문을 떠올리기도 전에, 화끈한 감각이 천독의 전신을 덮
쳐 왔다.

쿠아앙!

쾅!

한빈과 천독의 기파가 충돌한 결과였다.

두 개의 강대한 진기가 중간에서 엉켜 소용돌이가 만들어졌다.

물론 한빈도 무사한 것은 아니었다.

소용돌이는 월아를 잡은 한빈의 손을 중독시키고 있었다.

이대로 가면 새로 얻은 실력편으로도 견디기 힘들 것이다.

눈에 보일 정도로 회복을 나타내는 복이 줄어들고 있었다.

그때, 한빈의 눈에 응축된 독의 기운이 들어왔다.

한빈이 보기에는 그것이 구결을 나타내는 점처럼 보였다.

한빈은 진기의 소용돌이 속에 재빨리 검을 찔러 넣었다.

눈앞에 반가운 글귀가 떴다.

[용안(龍眼)으로 구결을 확인합니다.]

[……]

[독의 구결로 만독불침의 단계에 한 발 다가섰습니다.]

한빈은 재빨리 용린검법의 실력편을 확인했다.

[실력편]

[독(毒) : 이십(二十)]

독이란 구결이 추가되어 있었다.

그 수는 무려 이십이었다.

중간에 나온 글귀를 떠올린 한빈은 기분 좋은 미소를 지었
다.

그 글귀에는 분명 만독불침이란 말이 들어 있었다.

그것도 잠시, 한빈이 아차 하며 앞을 바라봤다.

자신이 생사결 중임을 잠시 잊고 있었던 것이다.

앞을 보니 천독을 덮고 있던 녹색의 독기가 모두 사라진
상태였다.

한빈과 천독이 있는 공간은 마치 정화된 것처럼 싱그러운
바람까지 불어왔다.

한빈은 모든 것이 끝났다는 듯 여유로운 표정으로 말했다.

"내 초식은 진룡파혼검. 물론 듣지는 못하겠지만 말이야."

말을 마친 한빈은 조용히 천독을 바라봤다.

신체가 온전히 남아 있긴 했지만, 초점이 없는 눈으로 입
을 벌리고 있었다.

한빈은 진룡파혼검의 본질에 대해서 조금 알 것 같았다.

진룡파혼검은 절대적 힘으로 모든 것을 파괴하는 초식이
아니었다.

한빈이 감당할 수 있을 만큼의 본질을 파괴한다.

천독의 본질은 독이었다.

혼을 깨뜨리듯 상대방의 독공과 혼을 삭제한 것이다.

물론 불완전한 진룡파혼검이 아니었다면, 그의 신체까지 날려 버렸을 것이었다.

하지만, 한빈은 만족했다.

천독은 지금 무공이 폐지된 상태.

거기에 정신까지 온전하지 않았으니, 구결을 취한 후 나머지 처리는 다른 이의 손에 맡겨도 되었다.

넋 나간 천독을 쓱 훑어보던 한빈이 고개를 갸웃했다.

"어디 갔지?"

한빈은 눈을 이리저리 굴렸다.

하지만, 한빈이 찾는 구결은 어디에도 없었다.

진룡파혼검이 구결까지 날려 버린 것이었다.

남아 있던 지급 구결은 날렸지만, 실력편에 독의 구결을 추가했으니 손해라고는 볼 수 없었다.

한참을 보던 한빈이 나지막이 말했다.

"잘 들어. 제자와 수하는 가족이나 마찬가지야. 가족을 도구로 쓰는 놈은 하늘에서도 안 받을 거야. 조금 있다가 태워 줄 테니 그동안 반성해."

말을 마친 한빈은 천독의 가슴팍을 걷어찼다.

팍!

천독은 힘없이 날아가 그의 제자 청연이 쓰러진 곳에 떨어졌다.

털썩.

어찌 보면 천벌을 받은 것이다.

한빈이 씁쓸한 미소를 지었다.

비록 적이긴 했지만, 대결 도중 토사구팽을 당한 천독의 제자 청연이 안쓰러웠기 때문이다.

청연을 보고 있자니 정의맹으로부터 버려진 전생의 마지막 기억이 눈에 선했다.

그때였다.

모두가 한빈의 주변으로 몰려들기 시작했다.

한빈의 허장성세에 넋을 잃었던 적혈맹호대 대원들이 정신을 차린 것이다.

타다닥.

한빈의 앞에 선 이들이 한마디씩 던졌다.

"주군."

"무사하셨군요, 주군."

"주군, 다행입니다."

막내 조호는 한빈을 껴안으려다가 멈칫했다.

한빈의 무위를 눈앞에서 확인하고는 이래도 되나 싶었던 것이다.

한빈은 그의 머리를 쓰다듬었다.

"수고했다, 조호. 물론 한 일은 없지만……."

농담을 던진 한빈이 말끝을 흐리자 여기저기서 헛숨이 터졌다.

"허, 주군, 저도 열심히 싸웠다고요."

"저도 목숨까지 버리려고 했는데……."

조호가 말끝을 흐리며 한빈을 바라봤다.

한빈을 진심으로 원망하는 것은 아니었다.

한빈의 마지막 말을 두 귀로 똑똑히 들었기 때문이었다.

제자와 수하는 가족이라고 한 한빈의 말이 아직 귓가에 선명했다.

사실 한빈의 마지막 말은 모두의 심장에 각인되었다.

한빈과 적혈맹호대 대원이 포근한 눈빛을 교환하고 있을 때였다.

서재호가 한빈의 앞에서 어물거렸다.

그 모습에 한빈이 물었다.

"왜 그러세요?"

"아, 이런 걸 물어봐도 될는지……."

"서 대협답지 않게 왜 그래요?"

한빈이 고개를 갸웃하자 서재오가 말을 이었다.

"그런데 대협은 어떻게 절 아시는 겁니까? 그리고 저분은 대체……."

서재오가 대협이라 칭한 이는 다름 아닌 한빈이었다.

그리고 그가 가리킨 쪽에는 백선이 서 있었다.

한빈은 그제야 백선을 아무렇게나 방치했다는 것을 깨달았다.

사사삭.

눈에 보이지 않을 속도로 한빈은 백선에게 다가갔다.

백선의 옆에 선 한빈은 낮은 목소리로 백선에게 지시를 내렸다.

그러고는 휘파람을 불었다.

휘익!

순간 백선이 바람처럼 자리에서 사라졌다.

백선을 보낸 한빈이 힐끔 뒤를 돌아봤다.

그곳에서는 서재오가 멍하니 한빈을 바라보고 있었다.

한빈은 멍하니 있는 서재오를 향해 손가락을 튕겼다.

딱!

그 소리에 정신을 차린 서재오가 물었다.

"대체 대협들은 누구십니까?"

"아니, 왜 사람을 못 알아봐요? 서 대협."

"못 알아보다니, 그게 무슨 말씀이신지요?"

"대협을 그동안 먹여 주고 입혀 준 사람을 못 알아보면 어떻게 합니까?"

"호, 혹시, 사 공자?"

서재오가 고개를 갸웃했다.

이런 말투로 이런 식의 말을 건넬 만한 사람은 한빈밖에 없었다.

한빈이 답했다.

"이제 알아보시네요."

"그럼 뒤쪽에 있는 사람은 대체 누구였습니까?"

한빈임을 알고 나서도 서재오의 말투는 변하지 않았다.

서재오는 고개를 돌려 이무명이 있는 곳을 찾아봤다.

이무명은 이미 옷을 갈아입고 턱수염까지 붙인 상태.

동시에 서재오의 눈빛이 흔들렸다.

아무리 생각해도 이해가 안 된 것이다.

그것도 잠시 서재오가 마른침을 삼키며 물었다.

"그럼 아까 아미파의 선배는 누구신지…….."

서재오가 말끝을 흐리며 백선이 사라진 곳을 바라봤다.

한빈이 바로 답했다.

"제 호위입니다."

"아미파의 선배가 사 공자의 호위라…….."

"뭐, 나머지는 비밀입니다."

한빈이 피식 웃었다.

아까 목숨을 걸고 천독에게 맞섰던 서재오는 분명 진정한 무인이고 자신의 가족이었다.

한빈의 정체를 숨길 필요는 없지만, 백선의 존재는 다른 이들에게조차 정확히 설명할 수 없었다.

뒤돌아선 한빈은 적혈맹호대에 지시를 내렸다.

지시는 간단했다.

살아 있는 자는 포박한 후 한곳에 모으고 숨이 끊어진 자는 태우라는 것이었다.

살아 있는 자는 강유찬에게 넘겨 국법에 따라 심판을 받게 할 터였고, 죽은 자는 안전하게 화장을 시키는 것이 이치에 맞았다.

또한 살아 있는 자가 뭔가 알고 있는 것이 있다면, 나라에서는 그들을 주적으로 삼고 소탕할 것이었다.

물론 정의맹에게도 알려야 하겠지만, 이제부터 적을 상대하는 것은 무림이 아니라 황실이 되어야 했다.

현장은 빠르게 정리되었다.

앞서서 천독과 한빈의 결투를 본 이들에게 독에 대한 두려움은 사라진 지 오래였다.

복면을 하고서 독인들의 시체와 살아남은 자를 정리하던 조호가 말했다.

"이건 이제 필요 없겠죠? 장삼 아저씨."

"주군이 벗으라고 할 때까지는 그냥 걸고 있어라."

조호는 힐끔 주변을 바라봤다.

다른 대원들도 해독약이 든 목걸이를 풀어 놓으려 하다가 다시 집어넣고 있었다.

그 모습을 같이 보던 장삼이 말했다.

"거봐라, 조호야. 아직은 조심해야 맞다."

"알았어요, 장삼 아저씨."

"그래, 그런데 저 양반도 열심히구나. 화산파의 매화검수가 우리처럼 이런 험한 작업을 한다니 말이다."

장삼이 가리킨 곳에는 서재오가 있었다.

조호가 웃었다.

"그러게요. 처음에는 매화검수라고 해서 가까이 가기가 힘들었는데, 요즘은 옆집 아저씨 같아요…….."

조호가 말끝을 흐리며 고개를 갸웃했다.

"왜 그러느냐? 조호야."

"어디서 썩는 냄새가 나지 않나요? 잠시 복면을 벗고 맡아 볼까요?"

"아서라, 아직은 위험하다."

장삼이 조호를 말렸다.

조호의 말은 사실이었다.

한빈도 고개를 갸웃하고 있었다.

썩는 냄새가 점점 진해지고 있었다.

덕분에 주변의 공기가 탁해졌다.

죽은 지 꽤 된 시체가 아직 정리되지 않았으니 당연할지도 모르겠지만, 이것은 정도를 넘어선 농도였다.

한빈이 관자놀이를 툭툭 치며 주변을 둘러보고 있을 때였다.

서재오는 분주히 움직였다.

　생사를 확인한 후 살아 있는 자는 밧줄로 포박하고 죽은 자는 옆으로 밀어 놨다.

　그러다가 그는 천독과 청연이 같이 쓰러져 있는 곳에 도착했다.

　그곳을 정리하기 위해 살피던 서재오가 고개를 갸웃했다.

　천독의 다리가 살짝 꿈틀댔기 때문이었다.

　아직까지는 숨통이 끊어지지 않은 듯 보였다.

　천독의 상태를 확인한 서재오가 고개를 돌려 한빈에게 물었다.

　"사 공자, 이놈은 어떻게 할까?"

　이제 예전의 말투를 찾은 그였다.

　한빈이 아무렇지 않게 답했다.

　"다른 시체들과 함께 태워 주세요, 대협."

　"헉!"

　서재오가 비명을 질렀다.

　그 모습에 한빈이 말했다.

　"그럼 서 대협이 데리고 있다가 강유찬 대인에게 전달하시든가요?"

　"아, 그건 좀……."

　서재오는 슬쩍 천독을 바라봤다.

　장운현을 죽음의 마을로 만들려고 했던 작자였다.

죽이는 것이 맞긴 해도, 산 채로 태우는 짓은 할 수 없었다.

서재오가 고민에 빠졌을 때였다.

칼 하나가 올라와 천독의 목을 파고들었다.

푹!

갑작스러운 상황에 서재오의 눈이 커졌다.

그의 시선이 칼을 쥐고 있는 자의 얼굴로 이동했다.

그곳에는 생기를 잃어 귤껍질처럼 말라비틀어진 청연이 입꼬리를 올리고 있었다.

서재오는 자신도 모르게 탄성을 흘렸다.

"허."

그때 뒤쪽에서 한빈 목소리가 들려왔다.

"다들 피해!"

"그게 무슨……."

서재오는 말을 맺지 못했다.

천독의 몸이 부풀어 올랐기 때문이었다.

점점 부풀어 오르는 천독의 몸에 힘줄이 꿈틀댄다.

마치 비명을 지르는 것처럼 말이다.

드디어 한계를 벗어난 천독의 몸이 터져 나갔다.

꾸아앙!

쾅!

순간 독기의 파편이 사방으로 흩어졌다.

뒤쪽을 보니 심미호의 검은 얼굴이 푸르스름하게 변하고 있었다.

이것은 분명 시독(屍毒)이었다.

마을을 집어삼켰던 혈독이 썩으며 기괴한 형태의 독을 만들어 냈고, 죽어 가는 천독이 그것을 흡수한 것이다.

저승으로 가면서도 민폐를 끼친다니!

할 말이 없었다. 한빈은 재빨리 다른 이들의 상태를 살폈다.

걱정도 잠시, 한빈은 입가에 미소를 지었다.

어찌 보면 지금 상황은 무인에게 있어 일생일대의 기회였다.

강북의 생불

이 정도로 사악한 기운을 뿜는 시독과 마주할 기회가 앞으로 있을까?

흔치 않을 것이 분명했다.

중요한 것은 한빈이 없을 때.

혹은 예상치 못한 상황에서 독인들과 마주친다면, 상황은 지금처럼 끝나지는 않을 것이다.

한빈의 예상대로라면 앞으로 어떤 일이 일어날지 몰랐다.

적혈맹호대는 한빈의 수하.

그에 걸맞은 힘을 지녀야 했다.

짐이 아닌 자신의 뒤를 맡길 수 있는 지원군이 되어야 했다.

이제는 상대의 병장기뿐 아니라 독에도 맞서야 했다.

독에 대한 내성이 아예 없는 것은 아니었다.

문제는 지금처럼 만만치 않은 독인을 만났을 때였다.

이런 강한 독마저 이겨 낸다면, 실력편의 독 구결 다섯 개를 얻는 것과 같을 터.

대충 백독불침이라 부르는 경지의 중간에는 다다른 상태가 될 것이 분명했다.

한빈은 숨을 깊게 들이쉬었다.

주변에 퍼진 시독을 폐부 깊숙이 밀어 넣었다.

옆에 있던 설화도 한빈을 흉내 내며 주변에 퍼진 시독을 깊이 들이마셨다.

숨을 들이마시자 실력편에 변화가 일어났다.

[실력편]

[……]

[독(毒) : 이십오(二十五)]

독에 대한 내성을 나타내는 속성이 다섯 개 늘어난 것이었다.

동시에 뜨는 문구.

[만독불침에 한 걸음 더 다가갔습니다.]

한빈의 예상대로였다.

다른 이들도 마찬가지로 독에 대한 내성을 얻을 것이다.

물론 한빈과 다른 이가 똑같은 것은 아니었다.

한빈은 자연적으로 해독이 되었지만, 다른 이들의 경우에는 해독의 과정이 남아 있다는 점이 문제였다.

힐끔 보니 설화도 한빈을 따라 숨을 들이마시고 있다.

동시에 설화의 피부도 점점 변해 갔다.

눈 몇 번 깜빡일 시간이 지나자 시독은 빠르게 퍼져 나갔다.

복면을 하고 있던 적혈맹호대 대원들도 중독되었다.

그냥 들이마시든 피하려고 하든, 중독되기는 마찬가지였다.

적혈맹호대 대원들도 푸르딩딩한 얼굴로 한빈에게 달려왔다.

턱수염을 붙인 이무명도 푸르딩딩한 얼굴을 드러내고 달려왔다.

모두 중독이 된 것이다.

그중 가장 먼저 중독된 심미호가 다급하게 외쳤다.

"독이다, 독이다!"

심미호가 외치자 뒤쪽에 적혈맹호대도 따라 외쳤다.

"독이다!"

평소 훈련한 대로 정보를 공유하는 것이다.

그들은 복면을 고정하고 있는 끈을 더욱 바싹 당겼다.

한빈의 앞에 선 심미호가 물었다.

"주, 주군, 어, 어떻게 해요? 이걸 혈맥에 찔러 넣어야 해요?"

"잠시만 기다려, 심 부대주."

한빈이 손을 내젓자 옆에 있던 소대섭이 다급하게 끼어들었다.

"아, 아직이라니요? 그게 무슨 말씀입니까? 주군."

"일단 해독약을 준비만 해."

한빈의 말에 소대섭이 외쳤다.

"모두 준비한다! 해독 준비, 해독 준비!"

그들을 시작으로 적혈맹호대 대원들 모두가 장신구를 쥐고 홈을 눌렀다.

철컥, 철컥.

장신구에서는 날카로운 바늘이 튀어나왔다.

장신구를 꽉 잡은 소대섭이 떨리는 목소리로 물었다.

"이, 이제 혈맥에 찔러 넣습니까?"

"아직이야, 조금만 기다려."

말을 마친 한빈이 그들의 상태를 쓱 둘러봤다.

밥으로 치면 아직 뜸이 덜 든 것이었다.

이번에는 조호가 물었다.

"주군, 아직이에요?"

다급한 목소리의 조호.

자세히 보니 그의 얼굴 시커멓게 변했다.

그 모습에 한빈이 눈을 가늘게 떴다.

'저 정도라면?'

색은 조금 옅었지만, 아직도 뜸이 덜 들었다.

하지만, 이제 해독해야 할 때였다.

독이라는 것은 개인마다 받아들이는 데에 차이가 있었다.

여기서 조금 더 시간을 지체한다면, 대원 중 하나를 잃을 수 있었다.

이제 한계라는 말이었다.

심미호가 물었다.

"주, 주군 아직이에요?"

"지금부터 잘 들어라. 독이 너무 깊게 퍼졌다. 이제는 단순하게 혈맥에 해독약을 흘려 넣는다고 해서 될 일이 아니다."

"그럼 어떻게 해야 해요?"

심미호는 황당했다.

독이 깊게 퍼졌다니?

그렇다면 진작 해독약을 혈맥에 찔러 넣었으면 될 일이었다.

그런데 이게 뭐란 말인가?

왜 주군은 자신들의 몸에 독이 퍼질 때까지 기다렸다는 말인가?

심미호는 복잡한 심경으로 한빈을 바라봤다.

모든 대원이 마찬가지였다.

그때 한빈이 외쳤다.

"다들 목걸이를 가슴에 찔러 넣어!"

"네? 그게 무슨……."

심미호가 눈을 크게 떴다.

한빈은 아무렇지 않게 말을 설명을 이어 나갔다.

"정확히 심장에 찔러 넣어라. 그럼 살 수 있다. 못 하는 자는 머리부터 썩어 갈 것이다."

모두는 떨리는 눈빛으로 한빈을 바라봤다.

물론 당황하지 않은 사람도 있었다.

옆에 있던 설화는 아무 의심 없이 해독약이 담긴 장신구를 심장에 찔러 넣었다.

설화의 모습에 조호가 외쳤다.

"설화도 겁을 내지 않는데, 우리가 겁내면 무슨 낯으로 주군을 모십니까? 저도 따라 하렵니다!"

푹!

조호도 설화를 따라 해독약을 찔러 넣었다.

그 모습에 장삼이 진지한 목소리로 말했다.

"조호야, 설화가 너보다 고수다."

"아, 알아요."

조호가 자리에 앉아 눈을 감은 채 답했다.

장삼이 말했다.

"괜찮네, 그럼 나도……."

푹!

장삼도 찔러 넣었다.

그 옆에는 벌써 심장에 해독약을 박아 넣은 심미호와 소대섭이 가부좌를 틀고 있었다.

아직 망설이는 이가 있자 한빈이 다시 외쳤다.

"살고 싶다면 찔러 넣어라, 지금! 조금만 지나면 돌이킬 수 없다. 호랑이가 되지 못하는 적혈맹호대는 가죽도 남기지 못한다."

"……."

망설이는 자들의 손이 점점 가슴 쪽으로 움직였다.

그때 한빈이 말을 이었다.

"죽어서 호랑이 가죽을 남길 것인지, 고양이 가죽을 남길 것인지는 너희가 선택해라. 내 조언은 여기까지다."

한빈의 말에 적혈맹호대의 눈빛이 달라졌다.

얼마 전까지 삼류 무인이라 홀대받던 그들이었다.

서러웠던 기억이 주마등처럼 스쳤다.

누군가 외쳤다.

"밑져야 본전이다! 찔러 넣는다!"

"다시 돌아가긴 싫습니다. 주군의 말에 따르겠습니다!"

한마디씩 외친 나머지 대원들이 심장에 해독약을 찔러 넣었다.

눈 깜짝할 사이, 모두가 해독약을 찔러 넣었다.

한빈은 그들을 살폈다.

대충 살펴보니 점점 혈색이 돌아오고 있었다.

심장에서 혈맥으로 퍼진 해독약이 시독을 누르고 있는 것이 분명했다.

한빈이 한숨 돌릴 때였다.

설화가 한빈의 소매를 잡아끌었다.

고개를 돌려 그녀를 봤다.

설화는 이미 장신구를 가슴에서 빼낸 상태였고, 혈색도 정상으로 돌아와 있었다.

"다행이다, 설화야."

"그런데, 저기……."

"왜 그러니? 설화야?"

"화산파 아저씨는 어떻게 해요?"

"아, 화산파 아저씨라면 서 대협이 저기에……."

한빈이 말끝을 흐렸다.

하지만, 당황한 표정은 아니었다.

서재오는 해독약만 가지고 구하기에는 늦었기 때문이다.

한빈은 설화에게 남은 해독약을 구해 오라 한 뒤 서재오가 있는 쪽으로 달려갔다.

서재오가 있는 곳에 가 보니, 약간 떨어진 곳에 천독으로 보이는 시체가 있었다.

그 시체는 상반신이 뜯어져 있었다.

마치 천산혈랑이 뜯어 먹은 것처럼 날아간 상반신.

아까 광경으로는 분명 폭발한 것이었다.

진룡파혼검에 당한 상태에서 자살을 했을 리는 없었다.

천독이 이렇게 된 것은 분명 누군가가 걸어 놓은 금제 때문일 것이다.

생명이 꺼져 가니 그 금제가 발동한 것일 테고.

힘을 잃자 자연스레 주변에 흩어진 독기를 모았고, 숨통이 끊어지자 모아 놓은 독을 터뜨렸다는 것인데, 수법이 매우 악랄했다.

이제 문제는 가장 앞에 있던 서재오였다.

한빈은 서재오를 앉혔다.

가부좌를 틀게 하고 그 뒤로 가서 그의 등에 손을 뻗었다.

서재오는 온몸이 타들어 가는 고통을 느꼈다.

마치 모닥불 위에 토끼구이가 된 기분이었다.

그 고통은 뼛속 깊이 전해졌다.

차라리 죽는 게 더 나을 것 같았다.

혀를 깨물고 죽을까 하는 생각이 들었다.

하지만 입도 제대로 움직일 수 없었다.

그때, 그의 등에 따뜻한 기운이 느껴졌다.

곧 등줄기를 타고 청아한 기운이 흘러들어 왔다.

동시에 목소리가 들려왔다.

"운기하세요, 서 대협."

서재오는 조용히 화산파 고유의 심법인 매화심결을 운용했다.

동시에 미약했던 서재오의 기운이 청아한 한빈의 기운을 받아들였다.

마치 원래 하나였던 것처럼 둘의 기운은 막대한 힘으로 바뀌었다.

노도처럼 밀려드는 막대한 기운은 자신의 내력과 하나가 되어 고통을 몰아내고 있었다.

고통이 어느 정도 사라지자, 서재오의 머릿속에 의문이 싹텄다.

지금 한빈이 하는 치료는 화산파에 있는 자신의 사부도 해 줄 수 없는 것이었다.

자신의 내부로 들어온 것은 분명 선천지기였다.

선천지기가 아니고서는 이렇게 청아한 기운을 뿜을 수는 없을 테니.

선천지기를 써서 남을 치료한다는 것은 절대적인 희생이 필요했다.

세상에 누가 선천지기로 타인을 치료할까?

'아무도 없다.'가 정답일 것이다.

선천진기라는 것은 쓰고 나서 채울 수 있는 것이 아닌, 쓰면 없어지는 것이기 때문이다.

어찌 보면 선천지기는 무인에게는 생명력과도 같았다.

그때부터 서재오의 머릿속에 의문이 쌓이기 시작했다.

……항상 자신을 못 뜯어먹어 안달인 사 공자가 자신을 위해?

이건 도저히 이해가 되지 않았다.

그런데 이성이 아닌 본능이 그의 손길에서 따뜻함을 느끼고 있었다.

서재오의 이성과 본능이 충돌하고 있을 때였다.

그의 몸 곳곳에서 다시 고통이 찾아왔다.

뭐지?

의문도 잠시, 고통이 한곳으로 모이기 시작했다.

이전의 고통이 온몸이 불에 타는 고통이었다면, 지금의 고통은 몇 군데만이 아플 뿐이었다.

어찌 보면 견딜 만한 상태.

서재오가 이를 악물고 고통을 견디고 있을 때였다.

그 고통이 묘하게 한곳에 모였다.

그곳은 자신의 심장이었다.

순간 한빈의 음성이 들렸다.

"몇 개나 구해 왔어?"

서재오는 눈을 감고 있었기에 그것이 무엇을 뜻하는지를

몰랐다.

그때 답이 이어졌다.

"일곱 개요."

"일곱 개라? 그건 너무 많으니, 다섯 개만 꺼내."

"다섯 개요?"

"그래, 해독약 다섯 개만 꺼내서 박아 넣어."

"설마 가슴에요?"

"그래, 너나 적혈맹호대가 했던 것처럼 심장에 박아야 살 수 있다. 지금 태우고 남은 시독을 전부 심장에 몰아넣었으니, 해독을 하려면 지금이 기회야."

"죽으면 어떻게 하죠? 화산파 아저씨가 없으면 안 되는데…….."

"설마 죽기야 하겠냐? 지금 두면 심장이 썩어 문드러질 테니 빨리 찔러."

"나눠서 찔러야겠죠?"

"아니, 한 번에!"

그들의 대화에 서재오는 비명이 튀어나올 뻔했다.

'설마 무시무시한 해독약을 심장에 박으려는 건…….'

서재오는 생각을 이어 나가지 못했다.

갑자기 심장에 뭔가 박히는 것 같았기 때문이다.

푹!

동시에 심장에 타들어 가는 고통이 이어졌다.

서재오는 의문을 떠올릴 틈도 없었다.

의식이 점점 흐려졌기 때문이다.

그 흐려지는 의식 사이로 한빈의 마지막 목소리가 들려왔다.

"걱정하지 마, 설화야. 화산파 아저씨는 멀쩡할 거야."

설화에게 하는 한빈의 말은 마치 장난기가 섞여 있는 것 같았다.

평소 같았으면 짜증이 날 법한 목소리였다.

그런데 오늘은 한빈의 목소리가 묘하게 안정감을 가져다주었다.

이젠 편하게 잘 수 있을 것만 같았다.

막 의식이 끊기려 하기 전이었다.

이제는 사지에 감각이 모두 돌아온 상태였다.

그런데 이상한 감각이 발목에서 느껴졌다.

누군가 발목을 잡고 있는 느낌이었다.

서재오는 갑자기 등골이 오싹해졌다.

저승사자나 귀신이 사람을 데려갈 때, 발목부터 잡는다는 이야기가 있지 않은가?

몸이 약해지니 어릴 적 들었던 무서운 이야기가 절로 떠오르는 서재오였다.

서재오의 의식은 딱 거기까지였다.

이틀 뒤.

서재오는 낮은 신음을 토해 내며 눈을 떴다.

"끄응."

신음과는 달리 몸은 한숨 잘 잔 것처럼 개운하기만 했다.

서재오는 조심스럽게 천장을 올려다봤다.

"이게 뭐지?"

서재오는 눈을 크게 떴다.

낯선 천장이 보였기 때문이었다.

천장을 본 서재오는 갑자기 심장이 뛰기 시작했다.

쿵쿵.

혹시 여기가 저승이 아닐까 하는 생각이 든 것이다.

서재오는 다급하게 고개를 돌렸다.

옆을 보니 누군가가 누워 있었다.

그러나 온몸이 붕대로 감겨 있어, 누군지 전혀 알아볼 수가 없었다.

붕대를 칭칭 감은 것으로 봐서는 보통 심각한 상태가 아닐 터였다.

중요한 점은, 누군가가 붕대를 감은 이와 자신을 치료했다는 것이었다.

'저승에도 의원이 있나?'

의문을 떠올린 서재오는 바로 고개를 흔들었다.

누워서 고개를 흔들던 서재오는 몸이 원활하게 움직인다는 것을 깨달았다.

"이승이 분명한데……."

말끝을 흐린 그는 자리에서 일어나, 일단 방 안부터 살피기 시작했다.

방 안에는 값나가 보이는 족자와 도자기가 가득 차 있었다.

상인의 집안에서 태어난 서재오는 본능적으로 그 가격을 계산하기 시작했다.

계산을 마친 서재오는 한숨을 내쉬었다.

"휴, 다행이네."

그가 다행이라 느낀 것은, 저승에 저렇게 비싼 물건이 있을 리 없다는 생각 때문이었다.

그리고 저런 수집품을 모을 정도면 자신을 해칠 리 없다는 확신도 있었다.

서재오가 막 안도의 한숨을 내뱉었을 때였다.

방문이 열렸다.

덜컹.

문이 열리고 얼굴이 시커먼 아이가 들어왔다.

순간 눈을 크게 뜬 서재오가 말했다.

"저승사자?"

아이가 황당하다는 듯 말했다.

"화산파 아저씨, 왜 저도 못 알아봐요?"

서재오는 고개를 갸웃했다.

분명 설화의 목소리였다.

그런데 얼굴이 시커먼 것이 설화와는 전혀 달랐다.

그러고 보니……. 옷도 이상했다.

묘하게 앞은 시꺼멓게 탔는데 뒤는 흰색 그대로였다.

그때 장자명이 들어왔다.

들어온 장자명은 설화의 얼굴에서 검댕을 닦아 내며 울 듯한 목소리로 외쳤다.

"설화야! 약은 건들지 말랬잖느냐? 지난번에는 그래도 약만 태우더니, 이번에는 집을 태울 뻔했어, 허허."

"미안해요, 의원 아저씨. 화산파 아저씨 약은 제가 달여 드려야 할 것 같아서요."

그들의 대화에 서재오는 고개를 돌렸다.

자신이 무사하고 이곳에 동료들이 있다는 것을 확인하자, 옆에 붕대를 칭칭 감고 있는 사람에게 신경이 쏠린 것이다.

"설마, 사 공자……."

서재오는 말을 잇지 못했다.

대충 상황이 이해가 되었던 것이다.

선천지기로 자신을 치료했다면, 독기에 멀쩡하지 못했을 터.

서재오는 침상에서 벌떡 일어나서 붕대를 감은 이가 누워 있는 곳으로 달려갔다.

"사 공자, 사 공자!"

서재오가 넋을 놓고 한빈을 찾았다.

그때였다.

뒤쪽에서 누군가가 서재오를 불렀다.

"서 대협, 왜 날 찾아요?"

서재오가 고개를 갸웃했다. 분명 한빈의 목소리였다.

재빨리 고개를 돌려 보니 한빈이 팔짱을 끼고 황당하다는 듯 서재오를 바라보고 있었다.

서재오도 마찬가지였다.

그렇다면 붕대를 칭칭 감은 채 누워 있는 이자는 대체 누구란 말인가?

생각이 거기까지 미치자 서재오의 가슴에서 두려움이 싹 텄다.

한빈은 아니라지만, 저 붕대 안에는 자신이 아는 누군가가 있을 것이었다.

누굴까?

서재오는 고개를 흔들었다.

천수장의 누구도 잃기 싫었다.

그것도 잠시, 서재오는 흔들던 고개를 멈췄다.

뒤쪽에 있던 장자명이 붕대를 감은 환자 쪽으로 걸어왔기 때문이었다.

장자명은 힐끔 한빈을 돌아보더니 말했다.

"상태를 보니 붕대를 풀어도 되겠습니다, 사 공자."

"네, 그건 장 의원님 판단에 맡기겠습니다."

"그럼……."

장자명이 붕대를 감고 있는 자의 앞으로 다가갔다.

그러고는 조심스럽게 붕대로 덮인 몸을 살폈다.

환자를 살피는 장자명의 손이 향한 곳은 머리였다.

머리의 가운데, 즉 백회혈에는 은침이 하나 꽂혀 있었다.

장자명은 백회혈에서 은침을 뽑아냈다.

그것이 시작이었다.

붕대 때문에 보이지 않았던 은침은 제법 많았다.

장자명은 순서에 맞게 은침을 뽑기 시작했다.

뽑은 은침은 설화가 들고 있는 쟁반에 올려놓았다.

툭. 툭.

뽑는 속도가 얼마나 빠른지 소나기 내리는 소리처럼 들릴 정도였다.

은침을 다 뽑자 붕대 사이로 신음이 흘러나왔다.

"끄응."

그 신음에 장자명은 기분 좋게 미소를 지었다.

"살아났군."

혼잣말을 뱉은 장자명은 힐끔 한빈을 바라봤다.

눈이 마주치자 한빈이 고개를 끄덕였다.

장자명은 이마에 흐르는 땀을 닦아 낸 다음 말을 이었다.

"이제부터 붕대를 풀겠습니다."

말을 마친 장자명은 천천히 붕대를 풀기 시작했다.

붕대 안쪽으로는 끈적끈적한 검은 액체가 간간이 눈에 띄었다.

드디어 얼굴이 드러났다.

그 모습을 본 서재오는 고개를 갸웃했다.

자신이 알고 있던 얼굴이 아니었다.

설화만큼이나 앳되어 보이는 얼굴에, 아기처럼 뽀얀 피부.

머리카락은 모두 빠져 소림사의 동자승을 저절로 떠오르게 만드는 외모였다.

고개를 갸웃하던 서재오가 자신도 모르게 물었다.

"이 아이는 누구입니까?"

장자명에게 물었지만, 그는 나머지 붕대를 벗겨 내는 데 신경을 쏟고 있었다.

어느 정도 붕대를 벗겨 내면 붕대의 안쪽을 확인한 후, 다음 붕대를 벗겨 내고 있었다.

아무래도 독기를 확인하는 듯 보였다.

서재오의 물음에 답한 것은 한빈이었다.

한빈이 낮은 목소리로 말했다.

"서 대협이 구한 아이입니다. 정확히는 저 아이를 구하는데 삼 할 정도의 힘을 써 주셨죠."

"내가 구했다고? 그게 무슨 말인가, 사 공자. 그리고 삼 할은 무슨 말이고?"

서재오가 이해가 안 된다는 듯 아이에게 집중했다.

그 모습에 한빈이 어깨를 으쓱했다.

"아직 치료가 덜 끝났으니 나중에 이야기하죠, 서 대협."

한빈의 대답에 서재오는 꿀 먹은 벙어리가 되어 버렸다.

엄연히 지금은 치료 중.

자신의 말 한마디가 치료에 방해가 될 수 있음을 깨달은 것이다.

잠시 후.

서재오는 옷을 갈아입고 침상이 있던 방보다 호화스러운 방에 앉아 있었다.

이곳은 다름 아닌 공손세가의 접객실이었다.

객잔 앞에서의 혈투가 끝난 뒤.

독기가 남아 있을지 모르는 상태라 그들은 잠시 공손세가에 머물고 있었다.

지금 서재오의 앞에는 찻잔이 진한 향기를 풍기고 있었다.

물론 그의 앞에는 한빈이 앉아 있었다.

김이 모락모락 나는 찻잔을 본 서재오는 한숨을 내쉬었다.

정신을 잃기 전에 본 것은 사람이 죽어 나가던 아수라장.

그런데 이렇게 찻잔을 앞에 놓고 보니 마치 지난 일들이 잠든 사이에 꾼 악몽 같았던 것이다.

찻잔으로 입술을 적신 서재오가 물었다.

"나를 구해 준 게 진짜 사 공자 자네인가?"

의심해서 물어본 것은 아니었다.

그 물음에 한빈의 입가에 미소가 번졌다.

"네, 맞습니다."

"왜 나를 구했나?"

"그럼 동료가 죽는 것을 보고 있습니까? 서 대협은 장운현에서 나갈 기회가 있는데도 남으셔서 같이 싸우지 않았습니까?"

"아······!"

서재오는 탄성을 질렀다.

누가 봐도 자신은 도망가려다가, 한빈에게 발목을 잡혀서 남은 것일 뿐이었다.

그의 탄성이 끊기기 전에 한빈이 말을 이었다.

"수하도 가족, 제자도 가족, 동료도 가족입니다."

"그럼 내가 동료라는 말인가?"

"동료가 아니면 적입니까?"

"허허."

서재오는 너털웃음을 터뜨렸다.

그 웃음소리에 맞춰 한빈이 말을 이었다.

"저는 대협에게 가장 중요한 일을 맡긴 적이 있습니다. 그리고 대협의 가장 중요한 물건을 맡아 준 적도 있고요. 그런 사이가 동료가 아니면 뭐랍니까?"

말을 마친 한빈은 사람 좋은 얼굴로 서재오를 바라봤다.

서재오도 한빈의 얼굴을 마주 봤다.

둘의 시선이 탁자 위에서 얽혔다.

어떤 감정도 없는 순수한 눈빛이었다.

순간 서재오의 뇌리에 한빈과 함께했던 일들이 주마등처럼 지나갔다.

하나하나 모든 일을 뜯어 보면 한빈과 서재오는 동료가 맞았다.

서재오는 하남정가에서 중재자 역할을 했었다.

한빈은 서재오의 매화 패와 매화삼경을 맡았었고 말이다.

아니, 맡긴 건 아니고 탈취하다시피 한 거지만.

물론 매화 패는 아직도 설화의 손에 있다.

서재오가 낮은 목소리로 말했다.

"동료라? 그래서 선천지기를……."

그는 말끝을 흐리며 자리에서 일어났다.

그러고는 갑자기 한빈을 향해 한쪽 무릎을 꿇었다.

뜻밖의 행동에 한빈도 자리에서 일어났다.

"왜 이러십니까? 서 대협."

"사 공자의 호의에 진심으로 감사드리오. 나 서재오는 그 은혜를 잊지 않을 것이며, 화산파 역시 매화검수를 구한 일에 대해서 잊지 않을 것이오."

서재오의 말투는 이전과는 달리 존경심을 가득 담고 있었다.

말을 마친 서재오는 자리에서 일어났다.

한빈이 황당하다는 듯 서재오를 바라보다 말했다.

"동료라고 하지 않았습니까? 서 대협."

"동료라고 선천지기를 나눠 주진 않지. 안 그런가, 사 공자?"

서재오는 말투를 편하게 바꾸었다.

하지만, 한빈을 바라보는 표정만은 진지했다.

그 말에 한빈은 이틀 전 일을 떠올렸다.

독에 타들어 가는 서재오를 구한 것은 한빈의 선천지기가 아니었다.

용린검법 중 기사회생의 초식이었다.

황보세가의 이 공자를 구한 것처럼, 이번에도 기사회생을 썼다.

문제는 기사회생이란 초식이 구 할만 치료할 수 있다는 점이었다.

그 점이 까다로운 부분이었다.

일 할의 독기를 남겨 둔다?

그것은 독기를 모두 남겨 두는 것.

즉 맑은 물에 먹물을 푸는 것과도 같았다.

일 할이 남는다면 다시 맑은 물로 돌아갈 수는 없는 법이다.

그래서 한빈은 일 할의 독기를 심장에 몰아넣었다.

그 후 해독약 다섯 개를 박아 버린 것이었다.

물론 일곱 개는 너무 많았으니 여섯 개를 박아도 되었겠지만, 잘못하면 바람 빠진 가죽 공이 될 수도 있었다.

한빈이 판단하기에, 다섯 개가 가장 적절한 숫자였다.

결과는 지금 멀쩡하게 한빈과 대화를 나누는 서재오가 말해 주고 있었다.

깨어난 서재오는 기사회생의 초식을 한빈의 선천지기라고 착각하는 것 같았다.

물론 이런 유리한 착각을 마다할 한빈이 아니었다.

한빈이 사람 좋은 얼굴로 답했다.

"선천지기가 대수입니까? 서 대협."

"……."

서재오는 아무 말도 할 수 없었다.

선천지기로 자신을 치료했으니, 한빈의 무공은 적어도 십
년 이상 퇴보했을 터였다.

그런데 그게 대수가 아니라는 식으로 얘기하다니…….

서재오는 고개를 푹 숙였다.

그 모습에 한빈이 손을 저었다.

"다 지난 일입니다."

"내 이 은혜는 꼭 갚겠네."

"네, 기억하고 있겠습니다. 뭐, 나중에 문서로 남겨 주시면
좋고요."

한빈의 말에 서재오의 눈이 커졌다.

그것도 잠시, 한 가지 의문이 남아 있음을 깨달았다.

"아까 그 아이는 누구인가? 그리고 내가 구했다는 것은 무
슨 말이고?"

"뭐, 그렇게 긴장하실 내용은 아닙니다. 제가 서 대협을 구
할 때, 그 아이가 서 대협의 발목을 잡고 있었습니다. 덕분에
그 아이의 몸까지 치료하게 된 것이지요."

"허허."

"그 아이에 대해서 궁금해하시는 것 같은데……. 그 아이
는 천독의 제자였던 청연이라는 아이입니다."

"처, 천독의 제자라고?"

이틀 전 장면을 떠올린 서재오는 자신도 모르게 말을 더듬
었다.

"마지막에 천독의 목에 칼을 박은 아이가 바로 청연입니다."

"그 아이는 생기를 잃지 않았나? 대체 어떻게……."

"뭐, 대협에게 나눠 주었던 선천지기가 조금 흘러 들어가 기연을 만들었다고 보는 게 맞을 것 같습니다."

"그럼 나 때문에 사 공자가……."

서재오는 황당한 눈빛으로 한빈을 바라봤다.

자신뿐 아니라 청연이라는 아이까지 선천지기를 사용해서 살렸다면, 십 년이 아니라 무공을 완전히 잃었을 수도 있다는 말이었다.

한빈이 은은한 미소를 머금고 말을 이었다.

"모든 게 하늘의 뜻이지요."

말을 마친 한빈은 자리에서 일어났다.

한빈을 보던 서재오는 눈을 비볐다.

한빈에게서 관음보살의 인자함을 본 것이었다.

한빈이 방을 나간 후에도, 서재오의 눈에는 관음보살의 얼굴이 각인되어 있었다.

서재오는 한빈을 오해했던 것을 진심으로 뉘우치며 조용히 합장했다.

그러고는 포근한 미소와 함께 창밖의 하늘을 바라봤다.

"원시천존이시여……."

며칠 뒤.

한빈과 적혈맹호대 대원들은 다시 객잔으로 돌아왔다.

객잔으로 막 돌아왔을 때, 적혈맹호대 대원들은 입을 딱 벌려야 했다.

장운현의 상인들이 객잔 앞에서 줄을 서 있었기 때문이었다.

다음 권으로 이어집니다

꿈의 도약, 로크에서 하십시오
(주)로크미디어에서 신인 작가를 모십니다

즐거운 세상, 로크미디어는 꿈을 사랑하고 도전을 두려워하지 않는 작가 분들의 참신한 작품을 기다리고 있습니다. 21세기 장르 문학계를 이끌어 갈 차세대 선두 주자 (주)로크미디어에서 여러분의 나래를 활짝 펴 보시길 바랍니다.

모집 분야 판타지와 무협을 포함한 장르 문학
모집 대상 아마추어 작가, 인터넷 작가
모집 기한 수시 모집

작품 접수 시 유의 사항

1. 파일명은 작가명_작품명.hwp형식을 갖춰 주십시오.
1. 파일에 들어갈 내용은 다음과 같습니다.
   - 성명(필명인 경우 실명을 밝혀 주세요), 연락처, 이메일 주소
   - 제목, 기획 의도
   - A4용지 1장 분량의 등장인물 소개
   - A4용지 2장 분량의 전체 줄거리
   - 본문
1. 작품이 인터넷에 연재되고 있다면, 게시판명과 사이트의 구체적이고 정확한 주소를 기재해 주십시오.

선택된 작품은 정식 계약 후 출판물로 간행되어 전국 서점에 유통됩니다.
작가 분은 (주)로크미디어의 전폭적인 지원하에 전속 작가로 활동하시게 됩니다.
※ 자세한 내용은 로크미디어 홈페이지(rokmedia.com)를 참조하세요.

(03920)서울시 마포구 성암로 330 DMC첨단산업센터 3층 318호
(주)로크미디어 편집부 신간 기획 담당자 앞
전화 : 02) 3273 - 5135
www.rokmedia.com   이메일 : rokmedia@empas.com